7

Jul.

我们总是孤独成长

李尚龙 著

献给那些至死不渝、此生相爱的人

结婚只会让我感到不孤单,孤独却从未离开我。
在家里没有温暖,甚至觉得自己不属于这个家。

我等到的，只有一条微信，这条微信简单、平静，上面只有几个字："我们分手吧。"

城市，是一个几百万人一起孤独生活的地方。

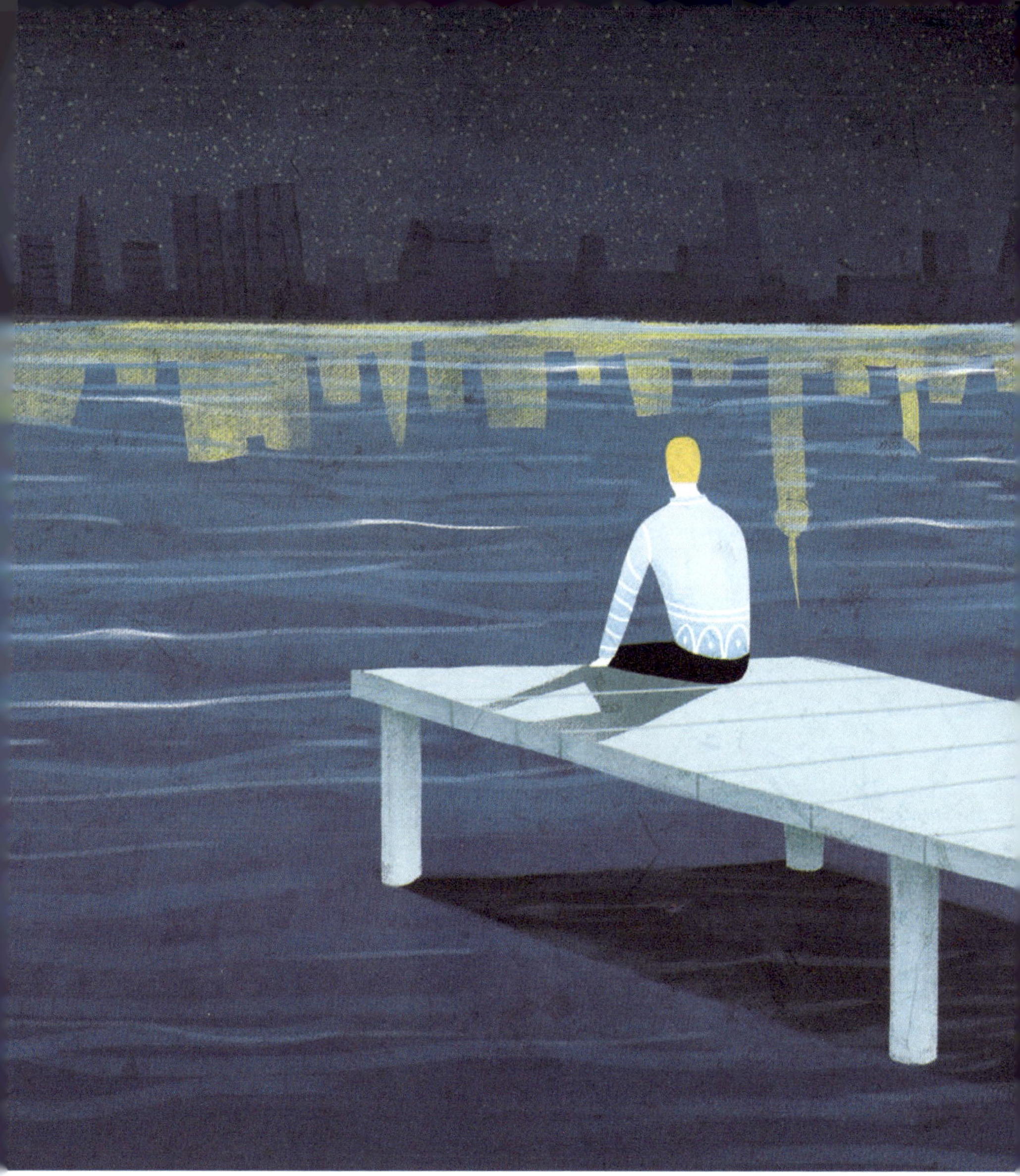

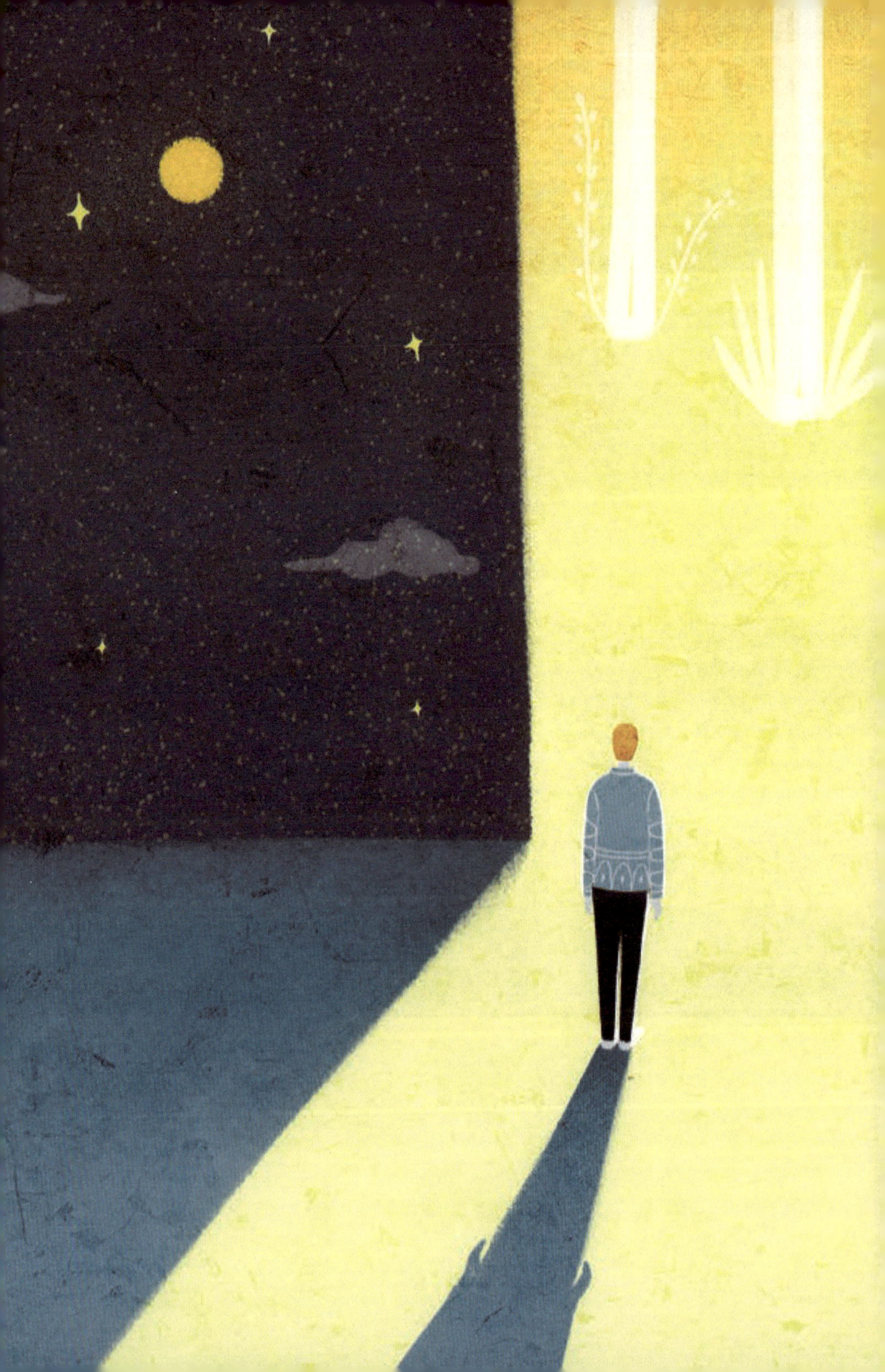

时光是最好的良药，
它能洗涤伤口，忘掉疼痛。
只是我不知道这药量是否够治愈我曾经的致命伤。

前·言

preface

一晃,"90后"这一代人,也都要面临结婚和生子了。

好一段快速的青春,等定下神来,人已经长大,却还总是在某些瞬间,觉得自己是个孩子。

这是一本涉猎婚姻和爱情的书,起因是我们这一代"曾经"的年轻人,在进入某个年龄后,面对婚姻和家庭的态度竟然是那么复杂:人们在焦虑中幸福,在甜蜜里挣扎。

记得在一个深夜跟父亲聊天,之前从来不喝酒的父亲喝了两杯后告诉我:"我是在你这个年纪生下你的。"

我才忽然意识到，我竟然已经30岁了。

这些年，我看到身边许多朋友结婚生子，也有很多离了婚，幸福的家庭都有相似的幸福，不幸的家庭都有各自的不幸。每个时代都有不幸福的原因，只是这个时代速度太快，让原本应该维持一辈子的婚姻开始动荡不堪。于是，我们看到曾经根深蒂固的东西，都在烟消云散。

在长辈那个年代里，婚姻似乎是必需品，彼此可以不爱，但必须结婚。所以当他们在40岁的年龄，忽然有一天起床，发现自己的婚姻中早就没了爱，也只能摇摇头，凑合过完这一生。

但我们这代人不一样，我们有可能活到100岁，所以当我们在40岁的某一天起床，看到自己的另一半已经完全不是自己所爱的，可是还要再过几十年同样的日子，那么我们会不会离婚？

换句话说，当未来的某一天，我们知道一个人离婚了，是该为他惋惜，还是恭喜他？

时代变了，变得让我们这群人不知道怎么选择，好像婚姻已经不再是必需品，好像就算没有婚姻我们也能活得很好，好像我们可以有各种各样的生活方式，所以，在这个一切都在变动的时代，我们应该何去何从？

在一次婚礼上，听一个婚礼策划师跟我聊婚礼现场的"四大金刚",很是好奇。她说:"所谓'四大金刚',就是摄像师、摄影师、化妆师和司仪,这'四大金刚'是好的婚礼必不可少的四个关键人物。"

于是我在婚礼结束后,采访了一位司仪。我问了他一个很严肃的问题,你说过那么多甜言蜜语,在自己的婚礼现场,会说点什么?

他说:"你是想问,我相信爱情吗?"

我点点头。

他笑了笑说:"我已经离婚三年了。"

最让我震惊的是,他是个"90后",还比我小一个月。

于是在接下来的半年里,我采访了四个人,用他们四个人的故事,写成了一部小说,起名叫《四大金刚》。

显然,别说我的编辑不同意,我团队的小伙伴都不喜欢这个名字,觉得我像在写武侠小说。于是,在故事写完后,我陷入了非常痛苦的更名中。

这里要十分感谢磨铁团队,有一天,潘良老师跟我说:"我觉得你看似在写婚姻和爱情,其实,你写的就是孤独,就是那种我们一辈子都逃不掉的孤独。"

于是,这本书的名字最后定为《我们总是孤独成长》。

一个年轻人对青春的告别,往往是从婚礼现场开始的,因为那一刻,他不再是一个人,而是一个家庭的顶梁柱。

这本书就当是给青春的礼物吧。

至于我的态度和观点,都在故事里了。

这是我的第三本小说,我终于还是写了婚姻和爱情。我想,我再难写出这种题材的作品去探讨这个话题了。

谢谢磨铁图书的各位,谢谢我公司的刺之花团队,谢谢婚礼策划人FeiFei给我提供的故事灵感,更谢谢每一个读者,没有你们,我也跑不到今天。

谢谢我的家人,我爱你们。

我想,如果可以,你可以抽出一个周末的时间,捧着书,一口气读完它。想必,会有不一样的感受。

对于婚姻,我可能没有太多发言权,但对于爱情,我只想告诉你:

没有人能单独生存,我们必须相爱,否则,我们就会死亡。

目录

第一章
摄像师　郑直　　　　　　　　　　　　001

我洗了个澡,走到阳台,看到了外面圆圆的月亮。在这座城市里,好久没有看见这么圆的月亮了。我忽然感觉到前所未有的放松和愉快,这种感觉结了婚以后从来没有过。

很难有这样既没有工作又没有家庭压力的时刻了,只有这个时刻,我才能抬头看一看月光。

第二章
摄影师　晓睿　　　　　　　　　　　　　　　　075

　　小的时候我的母亲就告诉我，离别是人生的主题，孤独是生命的所有。

　　曾经有很长的一段时间，我都很痛恨父亲，因为他的离开，我们不得不频繁搬家，而我不得不和那个时候的朋友们说再见。

　　每当分别的时候，母亲那句话就在脑海中回荡着，一开始我还嗷嗷大哭，后来就明白了，"爱别离"如果是常态，相聚就意味着分离。其实，相聚没有意义，分离才是主题。

第三章
化妆师　程逸　　　　　　　　　　149

　　民政局里人来人往，有些是来结婚的，有些是来离婚的，而我们是来开始一段新生活的。

　　民政局里人很多，有些人来结婚，有些人来离婚，而我们是来结束一段生活的。

　　我也是在某一个夜晚才明白，合群是这辈子最难受的事情。因为合群，人必须放弃自我，适应别人的习惯，而坚持自我可能会孤独，但孤独中，能有更好的幸福。

第四章
主持人　艾奇　　　　　　　　　　　　　　223

　　什么是真实，什么是虚幻，什么是梦境，什么是现实，什么是存在，什么是消失，什么是阳光，什么是黑暗，什么是生命，什么是死亡……

　　两个月以来，我一直在问自己这些问题，这些问题在我脑海里，不停地盘旋。

　　我像是经历了一场漫长的旅行。这两个月，我去过沙漠戈壁，到过海角天涯，见过大海蓝天，听过鸟语虫鸣，我走了很远的路，就是不知道家在何方。

第一章

摄像师 郑直

1.

一切要从一场婚礼说起。

婚礼,是一个人最孤独的时刻。

那天是 5 月 31 日,离艾奇哥妻子的预产期还剩两个月。

艾奇哥穿着西装,在后台准备着这场婚礼。

这场婚礼不是我的,也不是他的。那天风和日丽,新娘的担心显然有些多余,她想要的户外婚礼并不会被电闪雷鸣、狂风暴雨所打扰。他们邀请的十几桌客人在要求的时间之后陆续到达——我参加过这么多场婚礼,从来没见过参加婚礼的人准时到过,当然,这很正常,我的婚礼那天,自己都迟到了。婚姻里,迟到是美德,愿意等待,才能等到所爱。

参加过这么多场婚礼,我开始明白,办婚礼就是开罚单,钱到就好,人爱来不来。

宾客们有些笑嘻嘻的,有些显得很严肃,但他们都带着红包,一板一眼地放在迎宾处后,又统一喜笑颜开起来。

我给艾奇哥发了条信息:什么时候让我开机,说一声。

艾奇哥回我:"等新娘化好妆就开始,你问问程逸什么时候可以给新娘化好妆。"

我打通了程逸的电话,他还是那样,一开始工作,说起话来就变得细声细语:"人家也想快点儿,姐姐要求太多了。"

我问,你到底还要多久?

程逸有些着急,显然是被新娘气到了,他向来是能用微笑解决就不会说话的人。

"你管好自己的设备!"他说,说完挂了电话。

我们又等了半小时,新娘还未到。

我们后来才知道,之所以这样,是因为新娘的妈妈不满意新娘婚纱的褶皱和脸上的腮红,说什么底妆没有通透感。

艾奇哥后来告诉我,从他们开始筹备婚礼,新娘的妈妈就不停地插手,新郎不敢说话,因为婚礼所有的费用都是新娘妈妈出的。

难怪,要是我丈母娘出钱,我连个屁也不敢放,哪儿来的话语权。啥也不说了,好好赚钱吧,不能让老婆家人瞧不起。

结了婚的男人,不是买不起,就是病不起,要么让人瞧不起。

我看着在婚礼现场那边的晓睿,他还是那么自由,做个摄影师还不忘勾搭伴娘。奶奶的！单身真美好。

书上说，爱情是一种病，婚姻是治疗这种病的药，问题是，病好了，药还要继续吃。所以病好的人，总是羡慕还在病中的人。好比每场婚礼，晓睿都在伴娘身边，拿个破相机，玩儿命地拍着伴娘，还加微信，不要脸。

其实我也可以加姑娘微信。普及一下，我们摄像师和他们摄影师最大的区别是，摄像师拍摄的世界是动的，摄影师拍摄的是静的。换句话说，我们拍摄的是视频，他们拍摄的是照片，能比吗？哪位女孩子不想把最好的一面留给动态的世界，我也就是结婚太早，要不然在伴娘身边的应该是我。

我觉得，没有哪个人结了婚之后是不后悔的。

要说例外，也就只有艾奇哥，他是因为炽热的爱情结的婚，因为相依相爱的感觉结伴终生。要说我对婚姻还有一丝期待，艾奇哥就是那一丝期待。

但今天，他明显状态不好，面色凝重，对词也对错了好几个。自从我们入这一行，都是艾奇哥带着我们走过来的，要出麻烦，也都是我们三个出。

这次婚礼不知怎么了，一切都很怪，尤其是他，前言不搭后语，开口闭口老发出一些奇怪的音符。我希望一会儿别出岔子。

我正纠结着，程逸在我们四个人的群里发了条信息："新娘的妆化好了。"还配了个哭笑不得的表情。

接着，艾奇哥回话："那就十分钟后开始，我暖场。"

我转头，看晓睿还在撩那几个伴娘，于是我喊了声，水开了，别烫着。

晓睿赶紧打开了镜头盖，拍了拍身边的助理，和他一起走进人群中。

一段音乐在嘈杂声中渐渐响了起来，那旋律自然流淌而出。艾奇哥踩着音符，像往常一样登了台，他很平静地开了场："各位来宾、各位领导，你们好，欢迎大家在百忙之中来到小雅和大胖的婚礼，我是主持人艾奇。"掌声中，他继续说："在这阳光明媚的日子里，我们迎来了两位新人的结合，非常荣幸见证他们二位的婚礼，并主持这一神圣又浪漫的婚礼，再次感谢大家的光临。"

听完这一段，我捏了把汗，看来艾奇哥没事，还是那么稳。每次只要他稳，我们三个心里也就踏实了。

我看了一眼晓睿，他冲我比画了一个"OK"的手势，我也顺势给艾奇哥比画了一个"OK"的手势。艾奇哥看到后，继续自己的环节。

每次婚礼，我都很期待这个环节，父亲将会牵着女儿的手，把女儿交给她的丈夫，让她从一个世界进入另一个世界。这个环节之所以美好，是因为它把分离和结合放在了一起，把一个女孩子从原生家庭中解放到社会家庭里，让女孩变成了女人。

更有趣的是，艾奇哥每次都能把观众说哭。他读书多，每次的表达都不一样，量身定制，从不重复。

这次更有趣，迎面走来的竟然不是新娘的爸爸，而是妈妈。

早听说这家有个难搞的妈妈，但妈妈带着女儿走向新郎，说不通啊。唉，其实也说得通，万一爸爸不在了，妈妈就担负起了爸爸的责任。干这行久了，什么有趣的事情都见过，但那些都不算搞笑，搞笑的是，这新娘的爸爸没有不在，就坐在下面呢。这是个什么家庭？这父亲是怎么想的？这新郎又是怎么想的？

算了，不管了，看艾奇哥的表演吧。这种事儿，哪个主持人也搞不定，只有艾奇哥这样"久经沙场"的人，才能把尴尬变成感动。

云彩在天上默默地聚集起来，仿佛正围观艾奇哥如何开始。我们把目光都盯在了他身上，这次，他怎么表现呢？很快，他温暖如春的声音洪亮起来。

"如果说爱情是美丽的鲜花，那么婚姻就是甜蜜的果实，在这样一个美妙的季节里，母亲将会把自己的宝贝女儿，交给她的一生挚爱……她的一生挚爱，是的，一生挚爱……一生挚爱要……要……甜……"

糟了，他怎么了？卡壳了？怎么还甜上了，故意的？还是……

我感觉空气像被冻住一样，云彩瞬间变成了乌云。那边，母女二人愣在入场处，她们不知道应该什么时候上台。这边，新郎焦虑地扭动着身体，他一会儿看看远方，一会儿看看艾奇哥。台下的观众开始发出"沙沙"的声音，音乐也显得躁动了许多。

忽然，户外吹起了一阵风，把路边的沙子吹到了草坪上，草和花不耐烦地摇摆着身躯，像是对谁不满才那样舞蹈。

艾奇哥卡壳了，怎么会？他从来都是滔滔不绝的，我们遇到任何麻烦都是他来开导的。他读过那么多书，那么有涵养，什么情况，他今天到底怎么了？

起初我就觉得他不对劲儿，是他家里发生什么事儿了吗，还是他工作上遇到了麻烦？是看这对母女不知道如何开口，还是找不到一个词形容新郎新娘呢？我抬头看了看天，乌云密布，这回好了，本来想看艾奇哥潇洒，现在要看这婚礼冷清了。

我把摄像机的镜头拉近，拍站在远处的母女，想要避免这尴尬，却看见那位母亲原本微笑的脸"刷"地一下拉了下来，坏了，金主爸爸，不，金主妈妈生气了。我想起她刚来咨询时的霸蛮，对婚礼顾问的无理,在和女婿发生矛盾时的绝对统治。这……过一会儿,她会怎么对我们这"四大金刚"?!

在外人看来,摄像师、摄影师、司仪、化妆师都是一体的,所以我们被称为"四大金刚"。我们这么专业的团队,获得这么多殊荣的团队,谁也没想到,第一次崩盘竟然是大哥带头崩的。忽然,我觉得有些心酸和意外,我一直以为,我们如果崩盘一定是因为晓睿这个玩物丧志的家伙先惹的麻烦,可这应该怎么收场呢?

风呼呼地吹着,越吹越猛,许多宾客开始用手遮挡自己的眼睛,我轻轻地咳嗽了两声,感觉沙子进入了我的鼻腔。忽然,我听到一声巨响,天瞬间黑了下来,一道闪电照亮了远处那半边天。一瞬间,雨滴开始拼命落下,我听见雨滴打在棚顶的声音,下意识地脱掉上衣盖在机器上,任凭雨水打在我的身上。

瞬间,电闪雷鸣,倾盆大雨,雨滴无情地打湿了新娘的婚纱和新郎的西装。此时,不知道是谁喊了一声:我×。宾客们纷纷起身,蹿入房间、屋檐下、餐厅里、雨伞下。我一抬头,看见新郎撒腿跑入房间,随着大雨如注,新娘和妈妈也离开了现场。

我抱着机器往屋子里跑,回头看了眼艾奇哥。他忽然蹲在了地上,抱着头,雨太大,我分不清他脸上流淌着的是眼泪还是雨水。

那一刻，我看到的他不是阳光的，而是孤独的。可是，谁不是呢，我们，总是孤独成长。

即使结了婚，即使有了孩子。

2.

我是个婚庆摄像师，叫郑直。

三年前，艾奇哥带我入行，我学会了怎么拍摄婚礼短片。婚礼短片讲究把感性的东西理性化，把个人的感觉拍成好莱坞的效果。

我入行三年，总结了一条规律：但凡对"四大金刚"不友好的人，婚礼当天准下雨。

我们特别害怕新人想要户外婚礼，因为所有的户外婚礼都有一个最不确定，且没法儿改变的因素：天气。

上周那对新人也是很有趣，新郎好像是二婚，比新娘大二十岁，把新娘宠上了天，天天"公主公主"地叫，不知道的还以为新娘在KTV工作。

新娘要什么他都给，新娘要整个现场都是真正的鲜花。先不说那么大的现场放那么多花要花多少钱，就说那么多花放一天就谢了，最后全部都得扔掉，要那些花有什么意义？唉，谁叫人家有钱呢，在这个世界上，有钱就可以挥霍真花，没钱只能老实还花呗。

这话讲完，艾奇哥又要骂我价值观有问题了。

新娘一直在要求这个要求那个，且都是些不现实的东西，我们连话都不敢说。后来一盘算，一场婚礼不算我们四个人的费用，竟然要花三十万元，这可是我一年多的收入。

后来我们才知道，新娘在家没事就看娱乐新闻，整天感叹着谁结婚花了多少钱，用了多少游艇，搞了多少鲜花，吃了什么规格的蛋糕，于是非要弄个一样的婚礼。

可大姐，你也不想想，规模是有了，钱也到位了，但颜值是硬伤，你跟别人能一样吗？何况，你老公都胖成那个样子了，你再怎么设计，他连游艇的门都挤不进去，一上游艇，游艇都在晃悠，出海就要沉船，何苦呢？

算了，艾奇哥又要说我了，说我不尊重客户，调侃客户是大罪，客户是上帝。

好吧，我直接说结果，那天跟这天一样，下雨了。

不尊重"四大金刚"的新人，好像最终都会被老天惩罚。

这么说是不是有些迷信啊？但很多次事实证明结果就是这样。

就像这天一样,好端端的,怎么就下雨了呢?最可笑的是,好端端的,艾奇哥怎么会这样呢?

第二天,我们来到公司,办公室里密密麻麻坐了好多人。我到得最晚,因为昨天晚上我又去照顾孩子了。

房间里艾奇哥低着头,听着新娘母亲的发难。新娘母亲一旁坐着女儿,女儿的头低得比艾奇哥还低,她老公没有来,据说是病了,我看是疯了。大家都没说话,那位母亲就这么滔滔不绝地讲着:"我跟你们说了多少次,要查天气预报。我知道天气预报有时候也不准,但你们总要有预案吧。我知道你们也有预案,那主持人讲话利索点儿,我们小跑两步,这婚礼不就完了吗?也不至于什么仪式都没有。我跟你们说,如果他们最后离婚了,你们要负主要责任!"又指着自己的女儿道:"还有你啊,跟你说了多少次了,要算一下日子,你说我这是迷信,这怎么会是迷信呢?这都是老人言,你不听老人言,怎么可能会有好的结果呢?你看,下雨了吧。当初不让你结婚,你非要结婚,说人家对你好,好能当饭吃吗?你看,现在连老天都不让你结婚,你说我这心啊……"

"妈!"女儿喊了出来。

"喊什么喊!"她妈妈一边讲,一边哭了起来。我看艾奇哥低着头,什么也不说,像是在思考什么。他的眼睛里布满了血丝,他到底怎么了？

窗外的太阳炙烤着大地，知了吱吱地叫，鸟儿轻轻地鸣。

巧了，昨天新娘妈妈刚刚宣布取消了婚礼，天就晴了。

也难怪这位妈妈一直在哭。

这位妈妈一直说着，没人敢打断，一屋子人，就看着她抹着眼泪，擦着嘴角，喷着唾沫星子。

"所以您想怎么样？"还是晓睿犯二，说话了，他永远是最直接的那个人，这和他的感情一样，没有回旋。

妈妈停止了哭泣，看着那个秀气又好看的男孩，吼了起来："什么叫我想怎么样？我想退钱！退钱明白吗？不仅要退钱，你们还要赔钱，就是你！"她指向艾奇哥："因为你没准备充分，因为你不专业，因为你的主持耽误了婚礼，所以你们都要赔钱。"

"那我们也工作了啊！下雨怎么能怪到我们身上？"晓睿也喊了出来。

妈妈开始声嘶力竭，一个字一个字从嘴里蹦了出来："你们不赔钱，我就去工商局投诉你们！"

不知道从什么时候开始，我们就已经习惯和客户进行这么大强度的情绪对决了。所有在婚礼前后冲着工作人员发脾气的，本质上，都是对自己的婚礼失望，对自己的感情失落。

可是，往往这么大强度爆发情绪的，不是新郎就是新娘，但今天有趣了，崩溃的这位，竟然是新娘的妈妈。

"妈！你能不说了吗？这婚礼，从头到尾都是你在操办！这是我的婚礼！"女儿也失控了。

"你的婚礼？你还没嫁出去呢，就跟我分你的我的！你不记得是谁一把屎一把尿把你拉扯大吗？"妈妈的声音盖过了女儿，"你那该死的爸爸、浑蛋爹，当年说走就走。唉，我还不是想让你不要像我这样到头来后悔！"

吵架就是比声音大，从这个角度来说，妈妈赢了。

程逸看了眼我，小声地凑了过来："要不要报警啊？"

"你们还报警？要报警也是我来报警，我报警抓你们，你们毁了我们的婚礼，毁了我的生活！"妈妈果然还是听见了。

女儿不再说话，房间里充斥着妈妈的哭声。从事这个行业这么多年，我越来越能理解家家有本难念的经，谁也别谴责谁：许多看起来特恶毒的婆婆，无非是她在成为媳妇儿时遇见了同样恶的婆婆，久而久之，自己竟成了她；许多看起来控制欲很强的妈妈，无非是因为自己没有安全感，所以才必须紧紧抓住唯一拥有的孩子；许多一直吵架的夫妻，也都源于自己童年时原生家庭带来的创伤。

当然，这都是艾奇哥告诉我的。

从昨天开始到现在，针对这件事，艾奇哥就没说过话。或许他说了，只是被这位纠结不清的母亲的声音压制着，没人听见；或许他想说，但不知道应该如何开口。于是，我们就这么等着这位母亲一直哭着，哭到声嘶力竭，哭到没有声音。忽然，一个声音压过了她的："麻烦把账号给我，我们把钱退回去。"

一屋子人的眼光，全部冲向了那个声源，定睛一看，说话的是艾奇哥。

艾奇哥站了起来，说："都是我的错，我退回所有的钱，另外，如果您需要我赔偿，这是我的地址。"说着，他递过去一张字条，上面写着他的地址，"您可以起诉我，法院让我赔多少，我全部负责。给您造成的不便，我非常抱歉。"

这位母亲刚准备张口，艾奇哥又说话了："对不起，我们还有点事儿，先走了。"

说完，他起身走出办公室，我们几个一看形势，也立刻跟着跑了出去。可不得抓紧嘛，谁愿意跟这大姐这么浪费时间，这一哭还不得哭个十天半个月。

我们跟着艾奇哥跑到门口，他已经打了辆车，走了。我拿出车钥匙，上了自己的车，刚刚打着火，一条微信映入眼帘，艾奇哥发给我这么一句话:"弟,你的钱已经打到你的账号,不用退给她。养娃不易,多陪家人。"

我放下手机,踩了脚油门。

回家的路上,眼睛红了。

3.

开车到了家的楼下,我像往常一样没有上楼,而是把鞋子脱掉,脚放在方向盘上。我把车载录音机声音放到最大,调出了几首小玉压根儿不喜欢的歌。不是我不想上去,而是一回到家,那些事情就扑面而来:你是父亲,是丈夫,是所有要承担责任的人,唯独不是你自己。

这是一天里唯一属于我的时刻,我要珍惜。

我给另外两个小伙伴发了信息,才知道,他们的钱也没退。

看来,艾奇哥把所有事情都扛了下来。

自从我们认识他,他永远在最前面,把所有的事情都扛下来,而我们好像什么也帮不了他。

我在车里想了半天,还是决定给他发条信息,我问他,你还好吗?

他还是那样，简单地回答着最复杂的话："好着呢。"

我给程逸、晓睿也发了信息问艾奇哥的状况，程逸回了我一句："耶稣会爱他的，阿门！"他总是这样，什么事情都给我往信仰上拉，搞得我总觉得自己无能为力。

晓睿就不用说了，他忙着追女生，太累。到了晚上，他才回了我信息："他啊，吉人自有天相，你丑人必有天收。放心吧。"

我刚洗完碗，拿起手机，回他，不用天，我已经被人收了。

"不理你了，姑娘等我呢！"他过了一会儿回我。

这家伙。我看了眼电视旁的小玉，感叹着，单身生活真美好。

早些年，我可比他更潇洒。

我是前年结的婚，早年我们这群朋友一起玩儿时，我是最不愿意结婚的那一个，我觉得结婚是人的另外一项工作。对男人来说，结婚是挣钱养家；对女人来说，结婚是生娃养娃。我真心想不通，我都有一份工作让我歇斯底里了，为什么还要找一份工作让我生不如死？

我曾跟艾奇哥说过，等你们都结婚了，我估计自己还在想下一个女朋友找什么样的。那时我错误地认为，婚姻是反人性的。

艾奇哥批评了我一顿，告诉我，婚姻是爱情的结晶，你没找到爱情，不代表婚姻是错的。

我一开始还很不服气，结果，我却成了我们四个里第二个结婚的人。

那是个夏天，夏天是一个发情的季节。小玉是我高中同学，我们认识很久了，毕业前，我们还开玩笑，说如果毕业后你没嫁、我没娶，我们就结婚。谁知毕业后，我们谁也没考虑过谁，谁也没把谁纳入人生正式的计划中。都是备胎，何必为彼此备战。但在这个发情的夏天，我们两个去了趟音乐节，一下子，被点燃了。

小玉跟我就是在那个夏天好上的，她说她喜欢我的成熟，我说我喜欢她穿粉红色丝绸睡衣的样子。

到了秋天，小玉告诉我，她怀孕了。我第一反应是，不可能吧，后来一算日子，应该就是我的。这该死的音乐节，你说歌手在台上嗨是为了赚钱，那我们在帐篷里嗨个啥劲儿？也没钱啊。

音乐的热情总会消逝而去。消逝的这段日子里，我早就清醒了，我心想，我可不能这么快结婚，说实话，本来都想跟小玉分手了，我还隔三岔五不回她的微信，约会放鸽子，见面没热情。

但这个消息的到来，确实打了我一个措手不及。

我曾经想过能不能不要这个孩子，因为我根本没准备好，但程逸告诉我，在他的教派里，让女人把孩子打掉是要下地狱的。

这确实吓了我一跳，我不想当爸爸，但我更不想下地狱，于是我跟小玉说，要不我们结婚吧。

小玉是个好姑娘，她不找我要房要车，也不问我有没有北京户口，只是很温暖地说了一句话："无论你跟不跟我结婚，我都要把这个孩子生下来。"

这话说的，我能怎么接？我能不求婚吗？我敢吗？敢情我这边事业成功了，那边还有一个正在茁壮成长的哥们儿呢。所以，我说了这辈子最浪漫也是最浪的话："生下来吧，我和你一起养。"

孩子是在四月份出生的，是个女孩。刚看到她时，我总觉得有些恍惚，恍惚到压根儿不相信会有这么一个家伙出现在我的生命里。都说女孩子是爸爸的小棉袄、小情人，但我就觉得这孩子陌生，哪儿来的，干吗的？

当时小玉问我要不要办个婚礼，我坚决反对，我自己就是做这行的，别说我从一个摄像师变成一个新郎身份不适应，做这一行久了，只要听到艾奇哥的声音，我的职业病就会立刻出现，浑身紧张——马上找机器开关。

我说了我的顾虑，小玉同意，于是我们没有办婚礼，领了证，我就当了爹。

而我的噩梦才正式开始。

身份转变是痛苦的，谁不愿无忧无虑总当个孩子？自己还是个孩子，生活中又多了个孩子，你让我怎么看待孩子？

当爹那天，听到孩子的哭声，我没有流泪，见孩子第一眼，总觉得这玩意儿跟自己陌生。看着他们都在微笑，听着他们都在叽叽喳喳，我却感觉耳边一切被消音那般，什么也听不见。

孩子出生后，我没睡过一天好觉。爸妈经常会来家帮忙带孩子，有时候是我爸妈，有时候是小玉爸妈。这孩子没日没夜地哭，不是想吃奶就是想睡觉，不是想拉屎就是想撒尿，她一哭我就想死，比死更可怕的，是爸妈一着急，小玉一生气，我死去活来的样子。

见了鬼了，小玉生了孩子后，脾气也经常变幻莫测，我一抱孩子，她要么说抱的姿势不对，要么警告我别把孩子弄哭，要么莫名其妙冲着我发怒。

有时候我拍摄了一天，回到家想看看女儿，顺便尽点儿父亲的责任，一进门我就找女儿，问女儿在哪儿，我哪知道媳妇儿刚把她哄睡着，结果又是一顿吵。

我尝试着照顾了孩子几个月，终于筋疲力尽，于是决定让我妈来我们家住着，帮忙照顾孩子。说实话，我都不敢想象我妈和小玉住在一起的尴尬，这婆媳在一起自古都是矛盾重重的，我又不善调和,到时候打起来了,我帮谁啊。

果然过了一段时间后,老婆和老妈,两个人都老了许多。终于,小玉妈妈也要被"发配"到我们家,她妈和我妈轮流来照顾。我在家没了话语权,只能老老实实去赚钱买奶粉,我的任务也就是这个。

小玉总批评我不会照顾孩子,加上家里结构太复杂,她越说我,我越觉得自己不太适合照顾孩子,回到家不知道该说什么做什么,只能从这个房间晃悠到另一个房间。久而久之,我竟然有些挫败感,觉得在家里没有温暖,甚至觉得自己不属于这个家。于是我找到晓睿,请他给我出个主意。这个主意绝了。他说:"你周一到周五找外地拍摄的项目接,周末接婚庆的单子,这样又可以赚钱,又可以逃离家庭的束缚。完美。"

不愧是晓睿,没结婚都这么厉害。当然,晓睿不认为自己厉害,他说自己是天生的。晓睿说,他爸妈当年就这样,爸爸长期不在家,他所有的家长会都是妈妈去的,他的学习、穿着、吃饭也都是妈妈来解决的,爸爸只负责一件事:寄钱。

后来干脆连钱都不寄了。

还说,自己还不是活得挺好。

艾奇哥告诉我,每个家庭的情况普遍都是这样的:一个焦虑的妈妈、一个崩溃的孩子、一个消失的爸爸。

但这个家庭结构有什么问题呢?

许多孩子不都是这么长大的嘛,作为爸爸,把钱赚到不就行了。

于是我跟小玉商量,我们分工解决家庭问题,我负责外出赚钱,她负责在家里照顾孩子。

小玉一开始不同意,觉得夫妻应该共同照顾家、共同外出赚钱。但久而久之她也同意了,因为第一她不想去赚钱,第二我一回到家就不知道干什么,干点儿什么最后的结果都是跟她吵架。

一开始还能吵出些五花八门,后来一回家,她干脆跟我说:"你赶紧走!别在家待着了。"

我嘴上说好,心里其实想的是,太好了。

于是,我开始了我的远行,动不动就是一两个月在外地工作不回家,中间抽空回来帮人拍摄一些婚庆的视频,要说完全不想小玉和孩子,是不可能的。只要有空我还是会跟她们视频聊天,看看她们的样子。

感谢科技,能让两个人分离但还是可以相见。分别时会感到孤独,但一个人的感觉,真是太自由了。

你可以在一张大床上随时打滚睡觉,你可以想几点睡就几点睡,你可以把婚戒藏好不被任何事情限制,你可以……好吧,你可以做任何事。

一个人是可以习惯的，比如程逸，他不就习惯一个人了吗，感觉也挺好的。

重获单身的感觉像是重获新生。

我可以躺在床上，喝着啤酒，吃着肥肠。有时候我也会想，要不然离婚算了，但想了想还是不行，因为孩子还小，她不能在一个没有父亲的家庭长大。更何况，结婚之后再离婚，代价太大了，先别说我们婚前没有做任何财产公证，两个人在大城市生活的容易度肯定是比一个人在大城市生活要高的。再说了，离婚之后别人怎么看我啊，怎么跟爸妈交代啊？总之，不能离婚，离婚太麻烦，代价太大，我现在不也挺好吗？

可以通过工作来逃离家庭的责任，可以很好地平衡，这种感觉和一个人没有什么区别。

总之，就是一个字，爽！

但，等等，也有问题，这个问题随着我离家越来越久，越来越严重。

简单来说，只有一句话：我开始不爱小玉了。

也不是，是我越来越感受不到什么是爱了。

虽然我不确定我是不是从来没有爱过她，但和她一起的日子里，我肯定是动过心的。我这么大年纪的人了，有时候都不知道爱是什么。总之，男人是视觉动物，长期见不到，就不爱她了。

当然，我发誓，我没有外遇，也没有喜欢上别人，就是不爱她了，或者说感情变了。

书上说两个人相爱时会分泌出大量的苯乙胺，如果是这样，我们结婚后，苯乙胺越来越少了。

可以这么说，没了。

只剩下了责任和压力。

我曾经以为结了婚，人就不再那么孤独，但结婚只会让我感到不孤单，孤独却从未离开我。

就在这时，我认识了一个共同负责项目的姑娘——缦缦。

许多事情，在那天晚上，都变了。

4.

我发誓，那天晚上我和缦缦只是在聊天，真的，许多事情不是人们想的那样，一男一女在一个房间里就要发生点儿什么，凭什么就不可以是内心深处的交流呢？

在一个房间就要发生点儿什么吗？庸俗！我们的肉体是纯洁

的，但精神有没有越界，我不确定，我想是有的，要不然我们不会聊到那么晚。可是，这有什么错呢？

那天已经到了很晚，我们聊着聊着，缦缦忽然说："哥，我喜欢你的成熟稳重，喜欢你的思想。"

说完，她就低下头笑了，笑得很可爱，像一朵花。

那可不，我人到中年了，还不得比这姑娘多一些思想和成熟。

说实话，如果不是我结了婚，我都有些动心了，不知道自己会做出点儿啥来。

缦缦是当地负责接待剧组的实习生。第一天，她跟着辆大巴来接我们，当时我一只手扛着摄像机，看着她拎着个箱子，就顺便用另一只手帮她拿了。

她笑了笑，跟我聊了一路。我们白天拍戏，晚上就在一起喝酒吃饭，我发现她笑的时候总是看着我。书上说，一群人相聚，一个人笑着时不自然地看向谁，就是喜欢谁。

那她肯定是喜欢我了。

这次拍摄周期很长，持续了近一个月。

白天辛苦一天，最期待的，就是晚上一群人在一起吃个饭，喝两杯酒，当然，如果有缦缦就更好了，男女搭配，聊天不累嘛。

一开始，我们是一群人，再之后，就只有我和缦缦了。她说她不愿意被打扰，只想跟我一起聊聊天。

缦缦不喜欢喝酒，我就为她找个咖啡厅，一边喝咖啡，一边聊天。

再之后我们发现晚上喝咖啡睡不着，去咖啡厅还花钱，干脆就在我的房间里聊天。

我发誓，真的只是聊天，聊家长里短，聊长夜漫漫，聊过去未来。

我知道了她刚刚毕业，没什么事情，父母说她可以先不赚钱，但是不能不做事。于是她来到朋友的传媒公司帮忙做点儿事情，虽然不拿钱，但能认识些人，也很高兴。她很喜欢跟我聊天，每次从我房间离开回到家时，还会给我发条信息："晚安。"

我跟晓睿说了好多次，我跟她真的只是在聊天。晓睿说："你别吹牛了，怎么可能，孤男寡女共处一室，还只是在聊天？"

我说，你以为我跟你一样禽兽？

他说："我这叫真实。"

其实有的时候，情感的慰藉比身体的相拥还重要。我跟他说，你爱信不信，你这种没结婚的人知道个屁。

他问我结了婚会不会孤单。

我说，结了婚，并不会觉得孤单，会觉得自己就像个孤儿。

但和缦缦在一起的日子,我像个宠儿。

她喜欢逛街,让我陪她买这个买那个,但都是她自己付钱。每次逛街,我都下意识地离她有些距离,有次她居然说:"你不要牵我的手!"

我接得很自然,怎么,你希望吗?

她噘噘嘴,说:"我才不要!"

然后,我们又嘻嘻哈哈地聊些有的没的。

她让我感觉到自己又回到了青春,很多时候,我都忘记了自己是个父亲。其实也有一些瞬间,我特别想回家,想看看孩子,想看看小玉,但回到家,又想赶紧离开。

家给人的感觉就是矛盾,别说婚姻了,就说小的时候,我们谁不是一边享受着父母的爱,一边希望去远方看看。人就是这样,矛盾又坚定。

我和缦缦也是这样,平衡着,不去戳破最后一层窗户纸。

有一天晚上,她想留在我房间过夜。

她说:"哥,今天太晚了,能不能住在你这儿?"

我想都没想,说,不行,我送你走。

她愣住了,说:"哥,你是不是有病啊?"

我说,老子健康得很,你赶紧回家,不回家信不信我抽你。

她瞪了我一眼，然后气呼呼地拿着一次性杯子，倒了一杯红酒，我伸手去夺，她已经喝了，一滴不剩。

她刚喝完，我正想着应该说点儿什么，没反应过来，她又喝了一杯。

然后她气呼呼地说："我喝多了，我今天就想住在你这儿。"

我当然知道她什么意思，她的意思是我们谁都可以不负责任，可不知道为什么，我就是觉得不行。我说，你要住在我这儿也可以，我搬走。

她瞪着我，脸蛋红扑扑的，像是一个洋娃娃。和她这一对视，我的心差点儿从嘴里跳出来。

她生气地转头走到了门口，然后大声对我说："哥，你就是有病！"说完跑了。

我真的没病，我真的很健康。

她问了我所有事情：我的价值观、星座、喜好、爱情观……唯独没有问我结婚了没。

我坐回到沙发上，浮想联翩，等我的女儿长大，我一定要告诉她，跟任何男人在一起前，一定要先问一个听起来特别傻的问题：你结婚了吗？

这世道，渣男太多，有多少爱上别人老公的女人，一开始仅仅是因为根本不知道他结婚了。

现在啊,还有好多隐婚的渣男骗姑娘说自己是单身,渣男!你们这群渣男,祝你们一辈子都断子绝孙!

我是不是渣男,不太好说,我又没有说假话,她没问我而已啊。

其实,我也不知道怎么定义渣男,反正我不是。

她也是别人的女儿,唉,可如果她家人知道我,她的父亲会不会也很生气。但,好在我没有对她做什么,身体上,什么也没发生,我们连手都没碰过。

思想出轨算不算出轨呢?不好说,要说我真的一点儿没喜欢过她也是假的,她毕竟是个这么年轻漂亮的女孩子,是个这么可爱善良的姑娘,重要的是,她对我也有感觉。所以,如果思想出轨算出轨,我肯定是个渣男。但思想出轨又怎么界定呢?比如我在街上看到一个漂亮的姑娘走了过来,我多看她两眼,算不算思想出轨?

如果算,那这是本能啊。喜欢美丽的事物和人,这也算出轨吗?

好吧,我承认,我有些渣男的样子,但我对天发誓,我们什么也没有做。

天啊,我越想,越觉得我像渣男了。

从那天起,缦缦就不理我了,我不知道为什么。她也不再出现在工作现场，工作现场换了另一位接待的小伙儿。我的生活像是出现了一个窟窿，在这个窟窿里，空空荡荡透着孤单，我不知道应该拿什么补。

我想不明白，弄不清楚，其实我也不在乎了。

很快，我就决定放下了，就当……经历了一段美好的日子吧。

"每个人都要在适当的时候说再见。"这是艾奇哥跟我说的。我曾经以为这句话是要送给我媳妇儿的，我曾经以为我们早晚要离婚，我曾经以为我早晚会回归单身。

但今天，这句话用在了别人身上。缦缦再见。

接下来的几天里，我总会有些恍惚，觉得自己是不是伤害缦缦了。

不管了，既然说了再见，这件事情就翻篇了，我们也终于要开始自己的生活了。

恰好，艾奇哥让我周五回北京帮他拍摄婚礼视频，于是，我跟这边项目的负责人打了个招呼，提前撤了。

离别的那天，我想了很久，还是决定给缦缦发条信息，有始有终，我说，很高兴认识你，我明天离开，祝你早日找到自己喜欢的人。

当天晚上，她是这么回我的："我喜欢的人已经找到了，但也很快失去了。"

一看就知道,这还能是说谁呢?赶紧回家吧。

第二天,我收拾好箱子,打了辆车,刚准备出门,有人敲门,我打开门,这傻丫头站在门前,笑着对我说:"哥,我送你。"

她开了一辆奔驰,她说是偷她爸爸的车来送我的,吓了我一跳。我说用爸爸的车不能叫偷,应该是借。她问我借了别人的心,要不要还。我笑了笑,没说话。但我心想,这姑娘家怎么这么有钱,我还是第一次坐这么豪华的车。

我们一路有说有笑,就像那天晚上的事情没有发生一样。何况,那天晚上本来什么事情都没有发生啊。

这一路都没有堵车,我们很快到了机场。临走前,她微笑的脸忽然沉了下来,她把车里的音乐关了,空气冷了一会儿,她忽然说:"我还会再见到你的。"

我笑了笑说,有机会我再来看你。再见。

她忽然闭上眼睛,蹭了过来。

这孩子,真是言情剧看多了。

我摸了一下她的脸,下了车。

这回她没大喊着"你有病"!可能是确定了我真有病吧。我是有病,我这病叫"婚姻",它原来是解药,现在是绝症,一辈子的病。这病在她那儿,叫"无情病"。总之,这个病到了年纪,谁都有,谁都不会轻,谁都可能带着它一辈子。

我上了飞机,回到了北京。几个星期后,我几乎忘记了这个姑娘,毕竟生活还要继续,奶粉钱还需努力。

日子回归了平淡,生活又上回了发条,一切都没有人知道。只要没人知道,做的事情就等于没做。当然这也是我在书上看到的,何况,我真的啥也没做啊。

但生活有趣,那天,我坐在沙发上和小玉看电视,忽然收到了一条信息,看到那条信息时,我赶紧侧过身去。小玉沉迷在剧情里,没有发觉,可是那条信息轰炸式地出现在我的手机里。我吓了一跳,这条信息,只有五个字,简单而灿烂:"我到北京了。"

5.

当一个男人夹在两个女人中间时,表现是最愚钝的。

我说的是自己之前,夹在我妈和小玉之间。

一个男人夹在三个女人之间,是绝望的。我说的是我在我女儿、我妈妈,还有小玉之间。

所以现在，我竟然夹在了一堆女人中间，我应该做点儿什么？

紧急时刻，我还是打通了晓睿的电话，这家伙的鬼点子多，总能告诉我一些方法。

晓睿告诉我，如果他是我，就赶紧找个活儿出差。但凡有个出差的活儿去其他城市，缦缦一走，小玉放心，这件事就解决了。

但见了鬼了，恰好那段日子，竟然没有活儿让我出差。我问遍了身边所有朋友，有没有项目开机，我说不要钱都行，管来回机票就好。可人要是倒霉，免费下跪都没地儿。大家的项目都在筹备中，就是不开机。

这几位都在北京，我这日子怎么过？

可怕的是缦缦平时也没啥事，每天除了在酒店里，就是找地方喝茶。她在北京也有些朋友，晚上动不动就去夜店蹦迪，剩下的时间就是问我："在干吗？"

"在干吗"这三个字是极度恐怖的三枚连环炸弹，这三个字包含着大量的信息，谁看到都会浮想联翩。

假设有一天，我看见小玉的手机上忽然有一个男生给她发了"在干吗"，我肯定炸了。

她总问我有没有空陪她喝下午茶、吃晚饭、吃夜宵，但开头都是一句"在干吗"，吓死人。

说实话，我是羡慕她的，因为她可以什么都不干，整天就忙于寻找爱情。她把爱情当饭吃，而我不工作就没饭吃。唉，下辈子我也要投胎做这样的姑娘。

一晃，她来北京三天了，每天晚上都给我发信息，每天我都胆战心惊，生怕手机变成了手雷。

我一直没答应见她。

三天后，她开始变了，她问我："既然你晚上没空，那要不要跟我一起喝下午茶？"她还说她请客。

她坚持不懈地发出邀约，给我的感觉很奇妙：一方面我喜欢这样被追的感觉，一方面我又害怕这样的冒险会让我失去现有的家庭。

于是，我终于使出了大招，请晓睿吃饭，让他帮我想办法。

这已经是我这一周请他吃的第二顿饭了，这货说要去一个很好的西餐厅，说那里聊天方便。我心想，别扯淡了，还不就是因为那里贵。

那天，他点了两份牛排，他说自己为了这一顿已经两顿没吃了。下午还健了身，就是为了清空自己的肚子，帮我想出更好的点子。

我说你不要吹牛了，赶紧想怎么办。这货吃了一半，说："我觉得，离婚也不一定是坏事。"

我说，你他妈赶紧给我滚蛋，我是让你来出点子，不是毁我家庭的。

他说："很多人不离婚好像是为了孩子，其实不是，和另一半没感情了还凑合在一起，才是对孩子不好。"还说他爸妈就是这样。

我说，我不离婚是因为我对小玉还有感情，我对缦缦不知道是什么感觉，可能只是新鲜感而已。

他很认真地问我："到底睡了人家没有？"我说没有。他跟我再三确定后，说："要不这样，你把缦缦拉黑算了。你懂什么叫拉黑吗？就是再也不能给你打电话发信息，这样不就简单了吗？纠结是所有感情最后的终结，何况，你连碰都没碰人家，我当年把人家睡了用的也是这一招。"

我说，你真是个渣男。

他笑了笑，喝了口红酒，说："我才不是渣男，我把人家微信、微博、手机全部拉黑才是一个好男人该有的表现。"

我问他为什么。他说："你想，我先断掉她所有的念想，她也就痛苦几天，我如果还这么吊着她，那她不得痛苦好几年啊？我现在做绝点儿，这都是为她好，等她过了我这一关，我再把人家微信加回来,说不定还能做朋友。"说完拿起叉子,直接把一整块牛排放入嘴中,疯狂地撕扯下一大块,美美地咀嚼着。

我拍着手,看着他的模样,说,厉害厉害,高手高手。

他咽下一口肉,说:"承让承让。"

不过细想,他说得有道理,谁也惹不起一个无所事事、整天拿爱情当饭吃的姑娘。可是她也没有错啊,她喜欢上一个男人,有错吗?虽然这个男人是个已婚男人,是的,我虽然结婚了,但我对她应该也有些感情,互相有着很简单的感情,这有错吗?

感情来了,我们谁能这么容易控制得住呢?

但艾奇哥说,长大就意味着让生活可控。他总这么哲学,让人听不懂。我只在想一件事:如果我就这么把她删了,她会不会疯掉,我会不会难受呢?

晓睿一边吃着牛排,一边吧唧嘴,满嘴油腻地跟我说:"你回去好好想想吧,要么跟老婆离婚,要么赶紧拉黑她。还想两头都占,你真是个渣男。"

得了,我成渣男了。

就这样,这次,我一筹莫展,这家伙白吃我一顿饭,我还落下个"渣男"的名号。

当天晚上,小玉躺在床上,我的电话又响了,她问我:"你怎么有那么多信息和电话啊?接电话还偷偷摸摸的。"又问:"这都晚上了,你一个摄像师怎么这么忙,你以为你是导演啊,还是哪个公司的董事长?你一个爸爸在家不照顾孩子,临睡觉前还要处理这么多事情,你是不是瞒着我什么事?"

我赶紧放下手机,说,我最近确实很忙。

忽然,手机又响了。

小玉坐了起来,问:"这么忙,那钱呢?赚的钱呢?咱家窗户已经坏很久了啊,都关不上,你不修是不是也应该找个师傅上门啊?你再看看咱们家那衣柜坏多久了?我已经一年没有买新衣服了。咱们今年去旅游了吗?结婚前你答应我的,一年至少去一个国家旅游,这几年咱们就在北京待着了,你出去旅游的次数倒是挺多的。前些日子我说你干脆带我去趟密云算了呗,你还真带我去了趟密云……"

她的话就像苍蝇一样,飞舞在我耳旁。

我说,我真的没有瞒你任何事。

我也不知道她信了还是没信,但她就是不停地翻着过去的事情,一遍遍地说。

那一刻,孤独弥漫了我的灵魂,我忽然发现,跟她说不上一句话。忽然,我想念缦缦了。

我起身，走进我的卧室，重重地关上了门，我深吸了一口气，给缦缦发了条信息："你在哪儿？酒店地址发我吧。"

不到一分钟，缦缦回了我信息。

小玉越来越生气了，一边敲门，一边要求查我手机，说一定要看看手机上写的是什么。我走了出去，跟小玉说，你能理性地听我分析吗？

小玉说："好，我听你分析。"

好，那我就说了。第一，你如果查出事儿了，你自己心情是不是不好了，我们的感情是不是就出问题了？可你如果没查出任何事情，那意味着你根本不相信我啊，你看，我们之间的关系也就恶化了。查手机这件事，只要你决定查，无论有没有事情，都让你不高兴，何苦呢？

小玉也不知道从哪儿学到的，她想了想，也说出了一套理论："郑直，你跟我分析是吧，那我也跟你分析分析。第一，你不给我看就是有鬼，要是没鬼，你为什么不给我看？第二，你给我看，如果没鬼，说明我们的感情经得住考验，那我们的感情经过风浪，反而更好了。两头我都有收获，那为啥不给我看？"

我说，那你要看我的手机，我也要看你的手机。

她说："那好，我给你看，你也给我看。"

我大声嚷嚷着,那你拿给我啊!

她说"好",接着气冲冲地冲进卧室,我赶紧把跟缦缦所有的聊天记录删掉。

等她找到手机,我若无其事地递了过去,自信地说,看就看,谁怕谁。

小玉开始一条条地看,我直接把小玉的手机扔在沙发上,说,我相信你,所以我不看。

我说这话的意思是想让小玉也把我的手机放在沙发上,但很明显,小玉被怀疑冲昏了头脑,开始一条条翻阅我的留言,连朋友圈也不放过。

我在她面前,就像怀里揣了十五只兔子——七上八下;像吞了二十五只老鼠——百爪挠心;像猴子屁股扎了蒺藜——坐立不安;像……我在这儿想那么多动物干吗呢?

忽然,一声信息提醒,我差点儿把心脏吐了出来。

我刚准备抢手机,小玉立刻打开了信息,她看着看着,脸色变了,接着,她撕心裂肺地冲着我大喊:"咱们还能过日子吗?还能吗?"

我吓得脸都绿了。

她继续喊着:"你请晓睿吃那么贵的牛排干吗?你跟我说

了吗？"

我立刻抢过手机，一条信息浮现在眼前："谢谢你的牛排，破费了！——晓睿。"

晓睿，我×，这么晚发这些干吗？

我赶忙露出笑容赔礼道歉，对不起老婆，我错了。你照顾孩子有功，都怪我没跟你汇报。今年我们把孩子给爸妈照顾两天，我们过几天二人世界，我们去欧洲，去得克萨斯州，去非洲，去广州，去任何你想去的地方。今天的碗我来洗，桌子我来擦，地我来扫，我来哄孩子睡觉，你就负责看电视就好，你想看什么都行，垃圾我来倒，所有都是我来。对，老婆你现在赶紧进卧室休息吧，躺着、靠着、睡着都行，老婆晚安，老婆再见。

我关上卧室的门，溜进厨房，打开水准备洗碗，这时，又是一条信息映入眼帘，我慌忙关上了手机提醒音，我打开信息，上面写着：

"在干吗？"

又是这三个恐怖的字眼，我吓得魂飞魄散，幸亏是这个时候发的。

不行，今天我一定要跟她有个了断，要不然我的生活就要毁掉了。我很快做完了今天的家务，给晓睿打了个电话，让他冒充领导给我打电话,说有工作。

晓睿一看就喝大了,当然一听我的求助,就知道发生了什么,毕竟是自己兄弟,电话一响,我立刻装着向领导汇报的模样,然后跟小玉说,我有个急活儿,先出去一趟。

她还没来得及批准,我便穿上外衣,落荒而逃。

我打了辆车到了缦缦住的酒店,找到了她住的房间,敲了三下门,缦缦穿着睡衣打开了门。

那正是我喜欢的粉红色丝绸的睡衣,我吓了一跳,心里小鹿乱撞。

刚一进门,她就给了我一个拥抱。

我准备说点儿什么,却不知道说什么好。

缦缦从柜子里拿出一瓶红酒,把盖子打开,倒入两个杯子里说:"我们边喝边聊。"

我从来没有这么紧张过。我走了过去,看着缦缦的眼睛,深吸了一口气,我把脸蹭了过去,一把抢过了红酒杯,倒满,一饮而尽。

缦缦笑了笑说:"这么久不见了,你没有什么想跟我说的吗?"

忽然间,我觉得血液上涌,脑子一片混乱,眼前的她青春、性感、可爱,她显然化了妆,还把床铺好了,房间打扫得干干净净,房间里的音乐多么适合我搂住她说一句"我想你了",接着干柴烈火不可收拾。

但是,我做不到,我不敢。

我拿走了她的红酒瓶,直接对着嘴又喝了几大口。酒精从嘴巴进入喉咙,进入身体,融入血管,渗进血液,一大口红色的液体从牙齿周围溢出,被我用唾沫强行咽下去。

瞬间,我的脸开始变红。

她用手摸着我的脸,想说点儿什么。

我的热血开始燃烧,我一把抓住了她的手,一句话从腮帮子滑了出去:

对不起,我结婚了。

她愣在那儿,一脸震惊,但很快,震惊的表情峰回路转,成了微笑。她盯着我的眼睛,想要找到我开玩笑的证据。显然,她从我的眼睛里看到的只有真诚,是说这句话的真诚,是对她还有对家庭的真诚。她的微笑又僵在了脸上,她久久不能平静,上嘴唇粘到了牙龈上。

"你怎么可能结婚了?"

我为什么不可能结婚?我更加坚定地回答她,可是,没敢再看她的眼睛。

"怎么会？"她捂住了自己的嘴巴，"你怎么会？"

我说，我不想骗你，你还小，值得拥有更好的生活。说完，我转身到了门口，又说，记得，无论你喜欢上谁，都一定要问一下——他结婚没？再见。

说完，我走出了房门。那一刻，我觉得自己像在跟长大后的女儿说话，我忽然觉得自己简直太伟大了，我自豪，我骄傲。

我按了电梯，到了楼下，走到了大堂，想叫个代驾。没想到，她也跟了下来，她红着眼睛，走到我身边，我以为她要给我一巴掌。

如果她给我一巴掌，我是不是应该还手啊，因为毕竟也不是我隐瞒自己结婚的消息啊，我又没错。我做好还击的准备，可是，她只是说了句很感性的话：

"谢谢你啊，让我认识了一个更真实的你，我们……可以认真说声再见吗？"

我笑了，点点头，说，再见啊。

"那哥，你……可以亲我一口吗？我发誓，再也不会打扰你了。"她的声音哽咽了。

我的心忽然揪了起来，她闭上眼，像那天在车里一样，把脸蹭了过来。

我觉得自己在眩晕，觉得世界好像多了颜色，内疚和痛苦在脑海中盘旋,最终,我还是凑了过去,亲在了她的额头上。

瞬间,她哭了,她对我说:"再见了,哥。"

我笑了笑,如释重负,我说,再见了,姑娘,祝你幸福。

说完,她跑上了电梯,捂着眼睛,给了我最后一个背影。那背影,善良而美丽。

我停留了片刻,看了眼手机,代驾刚好到。

我吸了一口气,觉得心里少了点儿什么,终于,我还是点击了她的头像,把她删除了。

谢谢你啊,姑娘。再见了,我的青春。

我抬起头,夜幕已经降临。我深吸一口气,如释重负。我走出酒店,看着大街上来来往往的车辆、熙熙攘攘的人们,这些人,怎么还不睡?忽然,一个声音叫住了我:"郑直!"

我转过头,差点儿坐在地上。

"郑直!我 × 你妈!"

小玉正站在不远处,指着我鼻子骂。

6.

从小到大,我最害怕的就是跟人解释什么,因为越解释,越像掩饰。

想想那天晚上,我这从来不洗碗不做家务的人,忽然把家务全部做了;很少晚上出门工作的人,忽然去了酒店,还亲了人家姑娘脑袋一下,还喝了几杯酒,满脸通红,一脸微笑,一身酒味,我自己都不相信,我刚刚没有跟那姑娘发生点儿什么。

可我招谁惹谁了,我真想对着小玉大声喊,大姐,真的是误会,误会懂吗?

可小玉才不会给我机会。

这世界往往不会给人机会,机会是自己争取来的,但这样的机会,我真不想争取。如果在家里解释还要争取机会的话,我宁愿不要这个机会。

如果小玉真的不理我了,是不是刚好我就能结束这段悲催的婚姻了?这么想想,新生活要开始了,我还有点儿高兴呢。

果然,小玉不理我了。

第一天我回到家,卧室的门被反锁了,我睡在沙发上。

第二天我回到家,连家的锁都换了,我敲半天门,里面传来一个声音:"你再砸一下我就报警!"我也害怕把事情弄大,虽然不知道自己哪儿错了,但就是感觉自己哪里做得不对,于是我给晓睿打了个电话,问能不能住在他家。

作为兄弟，晓睿想都没想，说："当然不行。你要是住在我家，我怎么带姑娘回来？作为兄弟，你要理解。"

他又说："你找奇哥啊，他家大。"

我叹了口气，说，我要是敢找他，我早就找他了，还轮得到请你吃顿牛排？

他说："你请我吃个牛排还能记一辈子啊？"又说："那你去程逸家住啊！他又不是gay，只是不讲话而已。"

于是那天晚上，我拖着重重的摄像机，敲响了程逸家的门。程逸没睡，正在家里读《圣经》——他依旧是一个虔诚的基督徒。

程逸这家伙平时也不说话，但他真的是个好朋友，永远在我身边，在你需要他的时候，他虽然不能给你提出任何有意义的建议，但总是在你身边，默默地，一句话都不说地陪着你。

程逸听完了我的故事，笑了笑，没有太多的反应，说："你睡床上吧，我睡地下。"

我说，谢谢你啊，你不发表一下评论吗？

程逸说："我也不知道该说什么，嗯，早点儿睡吧。"说完给我拿了一床被子、一床褥子、一个枕头还有一条毛巾，都摆放得整整齐齐。我问他，你咋有两套啊？

他说："之前有朋友住在家里。"

女朋友啊?我问。

他说:"前妻。"

我没有再说话,有时候面对别人的伤口,朋友最好的方式是陪伴,而不是说话。自从程逸离婚后,他的话越来越少,信仰成了他生活的全部。

我之前问过他,要不要赶紧走出来,找个女朋友。

他说:"不用,我的生活很完整。"

我说,总是不交女朋友,不怕变成同性恋啊?

他说:"上帝说了,是亚当跟夏娃。上帝没有说亚当跟亚当、夏娃跟夏娃。"

但很快,我知道不能多说话了。

每个人都有伤,看似安慰的话语,有些其实只是在揭伤疤。

我洗了个澡,走到阳台,看到了外面圆圆的月亮。在这座城市里,好久没有看见这么圆的月亮了。或许只是因为平时我们都太忙,没有时间抬头看。

月亮每天的形状都不一样,每天都是一个崭新的模样。在这一切都在变新的世界,我是不是也要新起来?

虽然回不了家,但我忽然感觉到前所未有的放松和愉快,这种感觉结了婚以后从来没有过。逃离家庭压力的前提,是要以工作为代价。很难有这样既没有工作又没有家庭压力的时刻了，只有这个时刻，我才能抬头看一看月光。

那天我看了一本书，书上写着：现在的人都不愿意结婚了，尤其是女孩子，许多女孩子赚的钱比男生还多，像搬家、吃饭、打扫卫生什么的都可以通过App解决，结婚没意义了。

其实不仅是女孩子，男生也这样啊，自己活一个月能花多少钱啊。自己又不用买包，不用买香水，不用买化妆品，想去哪个地方，转头买张票就去了。拖家带口的，不仅累，还要花更多的钱。

一个人感觉太爽了，你看这月光，怎么这么美。自从结了婚，多久没抬头看月光了，抬头只可能是看电脑累了，摸着脖子抬抬头。我整天盯着地下的六便士，哦，还没有六便士，有时候一毛钱都没有。

当然，这也是从书上看到的比喻。

这回，我们彼此都可以放空一段日子，我也在考虑，干脆离婚吧，其实晓睿说得对，说不定对孩子也好。

只要我不解释这件事，小玉肯定受不了，到时候她先提出离婚，我答应就好。

我也没出轨，不能算过错方。

如果真的离了，她要什么我都给她，哥们儿我可是堂堂正正的男人。但孩子我要有探视权，我什么都可以不要，但我想要自由，我想再要一次青春。

我把这些讲给程逸听，这回，这货头都没抬，说："你要向上帝祷告的，上帝会告诉你怎么做。"

我摇了摇头，好吧。

他继续说："上帝不会祝福离婚的。"

我说，好吧，他爱祝福不祝福，你祝福我就好，你不祝福也至少让我有个地儿住。

程逸有些不高兴，说："别瞎说，也是上帝让你来到我这儿的，这就是上帝给你的祝福。"

我说，好吧。

算了算，今天晚上自从到了程逸家，我讲得最多的两个字就是"好吧"。毕竟寄人篱下，还是少说话，我估计"好吧"还要讲好多回。

接下来的几天，我没有接到小玉的电话，也没有接到爸妈的电话，估计他们又以为我出差了。他们总这样，从来不问我出差背后真正的原因。

这几天，我除了做点儿简单的工作，看看电视，就是跟程逸在一起大眼瞪小眼。我跟程逸一天也说不到十句话，说实话，这几天是我结婚后从来没有过的感觉。小的时候，总有家长说什么婚姻是爱情的坟墓，当时我还不信，现在看来，家长不愧是家长，所谓家长，就是在家庭方面他们一直见识长远。

在程逸家的日子很爽，想吃什么叫个外卖就好，啥也不想干就躺尸一天，上厕所永远不用考虑把坐垫拿起来，想睡懒觉那可不随便就睡了，有时候我在梦里都有点儿后悔把缦缦太早放走了，这段空当期，完全可以再开始一段感情啊。

但是我现在再去找她也不合适，想想就算了。

程逸怕我睡到四肢退化，有时候还帮我叫外卖，或者给我做碗面，大多数时候，他都让我下楼自己吃饭，怕我睡到四肢退化。日子过得很快，爽了一段日子后，带来的竟然是有些空虚。这样下去，艾奇哥不得骂死我啊。我提醒程逸，不要跟艾奇哥说我现在的状况，回头他又开始像大哥一样教训我了。说实话，艾奇哥人很好，在生活和工作上帮助我们很多，但就是每次批评我们那个样子，真心像唐僧一样，喋喋不休，丝毫不留情面。他能说一堆道理，能说一天。能不让他知道最好还是不让他知道，否则接下来，我又要面临各种灵魂上的考验和拷问了。

也巧，我正在想着他时，"四大金刚"的群里发来了条艾奇哥的信息："这个周末，有活儿，请大家查阅一下新人资料。"

接着他又丢来了新人的信息。

太好了。

又是一对新人走向坟墓了。

太好了。

终于有钱赚了。

可一个问题浮现在脑海中,我赚钱干吗呢?我一个人赚那么多钱有什么意义呢?

我安慰自己,肯定是有意义的。

我打开了他们的资料,看着新人的故事,看他们想要什么风格的婚礼,看他们希望的婚礼视频是什么样子,看他们希望主持人讲什么风格的台词。

做这一行久了,我见过太多的虚情假意,明明就是为了他的钱,还把他形容成白马王子;明明就是因为她长得好看,还把她形容成多么会持家。

这世界啊……虚伪无情。

但这一对新人的故事有点儿不一样:

男孩子在初中就喜欢这个女孩子,女孩子是班上的外语课代表,男孩子为了她苦学英语,最后两个人一个考了全班第一名,一个考了第二名。本来,他们想初中毕业正式在一起,谁知高中那年,男孩子去了新加坡,女孩子留在了北京。

就这样,他们三年没见,但一直在联系。

高考后,女孩子考上了北京外国语大学,男孩子在大二那年通过交换生项目回到北京,去的刚好是北京外国语大学。

在大二那年,男孩子向女孩子表白了,两人在一起欢乐地度过了一个学期,男生回到新加坡。两人坚持了一年多的异地恋,毕业那年,男生恰好从新加坡飞回北京找工作,恰好去了当地的一家银行,与此同时,女孩子也考上了北京外国语大学的研究生。

前些日子,女孩子研究生毕业,男孩子也终于在她拿到学位证的这个夏天,在毕业合影刚结束时,当着学校所有毕业同学的面,单膝跪地,问了那句从初中课堂时一直欠着的话:"你愿意永远跟我在一起吗?"

女孩子点点头,说:"我愿意。"

后来女孩子才知道,所谓刚好和巧合,全是男生刻意和主动安排的。大二那年,他完全可以去美国做交换生,但他放弃了这优越的一切,来到了北京;毕业那年,男孩本来可以在当地投行做事,但为了她来到北京找工作。

所谓的巧合,都是用爱设计的。

这个故事当然跟我一点儿关系也没有，他们太优秀了，唯一唤醒我的，是我和小玉也是从读书时认识的，中间很久没有联系，最后结了婚。当年，我是全班倒数第一，小玉是倒数第二。

人和人真的不能比。

周末一早，我架好了机器，又是老样子，我从酒店开始跟拍新郎和新娘。

新郎很高兴，他穿着西装，一群伴郎都是他的初中同学、高中同学和大学同学，他们有时候讲中文，有时候说英语。间隙时，我问伴郎，新郎这些年谈过恋爱吗？

伴郎似乎听出我想挑事，却依然平静地回答："他或许谈过，但他只爱她。"

新郎笑了笑说："这些年我见过无数人，喜欢过很多人，但爱的人只有她。"

说完，他笑了，接着继续讲我听不懂的英语。

婚礼如期举行，艾奇哥把新人请到台上。新娘拿起麦克风，说着说着，就哭了："昨天，你告诉我，说你从初中一直等我到今天。但你知道吗？其实我才是从初中开始，一直在等你到今天的人，只是，昨天我才意识到等的那个人，是你。"说完，新娘泣不成声。我不知道她经历了什么，但我知道那都是她的过去，而新郎在乎的，是她的未来。

我忽然想起了过去的事情，想起了小玉，有些事情，是不是回不去了？有些人，是不是再也见不到了？有些事情的结束，是不是也是后知后觉？有些人的离开，是不是从不可能先知先明？

是不是只有失去了，才知道自己怎么这么贱？

我不知道婚礼是在什么时候结束的，也不清楚两位新人后来讲了什么，更不记得拍摄完我是不是点了关机，但我记得，婚礼结束时，我拖着沉重的双腿，走到艾奇哥旁边。

我记得那天风和日丽，我记得天蓝得像刚清洗过的蓝色衬衫，我记得好多宾客都喝得酩酊大醉，我记得新郎一边喝一边笑，我记得新娘在一桌一桌地跟来宾拥抱，我记得我走到艾奇哥的身旁，我记得我百爪挠心，不知所措。

我记得艾奇哥问我怎么了。

我记得我说，我可能要离婚了。

我记得艾奇哥说，"你再说一遍？"

我记得没有再说一遍，因为我忽然哭了。

我记得，我哭得像个孩子。

7.

男人的眼泪，总让人悲伤。

这是我在书上看到的。

上一次哭成这样，已经记不得是什么时候了。

是因为考试没考好，还是因为初恋离开了我？是因为丢了书包，还是因为摔倒在球场？但这一次，我感觉整个灵魂像被扯了出来，剩下一个躯壳，空荡荡地在人间晃荡。

曾以为两个人的孤独比一个人的孤独更孤独，直到今天才明白，两个人的孤独至少可以说说话，一个人的孤独才更绝望。

记得一本书上写过，原来世界是没有性别的，男女合二为一，后来神愤怒了，一刀把人砍成两半，就有了男人和女人。于是，他们要用一生的时间，寻找另一半。而我现在，就是那个被砍成两半的人，孤苦伶仃，游荡在人间。

他们都说失去了才知道什么是最好，我觉得不是，有些东西失去了才会觉得更好，有些人还没失去，在即将失去前，生活就已经坍塌。

其实我高中就喜欢小玉，每次老师念名次，我都觉得我们是失散多年的兄妹。全班同学都欺负我的时候，只有她站出来保护我。但我们谁也没有往那个方向想,那个时候,我忙于艺考,她忙着高考,毕业那年,我们还通了电话,发现大家都考上了大学。后来我留在北京,她去了广州。

偶尔同学会时,我们会找个没人的地方喝上一杯。

再后来我们也尝试着一起约会看个电影打个游戏,每次交流,都有种熟悉的感觉涌上心头,我们不再是倒数第一和倒数第二,我们是彼此的宠儿。

第一次牵她的手时,是在一个黑魆魆的房间里,那天我们刚看完电影,散场时,停电了。

我一把抓住她的手,她没有躲闪,跟着我走出了电影院,光照了过来,我们的手也没撒开。

我没有问她我们是不是男女朋友这样的蠢话,因为太熟悉了,我们虽没说开,但是一切都做到位了。

这是晓睿跟我说的,爱别总是说,要去做。

虽然我不确定我是不是真的理解了这句话的含意。但那天牵了手,我们去吃甜点,忽然下了雨,我拿出伞帮她打着,我把车开到她身边请她上车;后来,我们去爬山,在路上我给她照相,她笑得"嘻嘻哈哈";再后来我们去演唱会,去音乐节,我们在帐篷里聊天,我们拥抱,我们翻滚,我们热烈,我们完事后还在聊天。

后来,我之所以不敢再理她,是因为我不知道婚姻是什么,这个又神圣又令人恐惧的东西到底意味着什么,我也不知道当了父亲之后是什么感觉,我更不知道青春逝去的模样是不是会一点点摧毁我的头发,甚至捏碎我的心。

我承认,我是怕过婚姻,因为害怕自己被束缚,害怕青春不再,害怕每一步都在被别人左右,害怕自己不是自己。我害怕承担责任,我害怕自己不再是小孩……但我更怕的,是小玉的离开,是我重新变回半个人,变成是我对她无止境的思念……

我他妈怎么忽然变得这么感性、这么感伤。说好不流泪的呢,怎么过去那些不愿意想起的事情忽然历历在目,怎么从前那些不在乎的细节、不愿意说出的感情呼之欲出,怎么开始滔滔不绝,该死,我的眼泪怎么又控制不住了?艾奇哥,对不起,我应该早点儿跟你说。

艾奇哥递过来一张纸巾,给我倒满了铁观音。壶里的茶一倾而出,倒入杯子中,杯子被浓茶填满,茶香飘入我的鼻腔,萦绕在这间茶室里。

外面是鸟语花香,行人急急忙忙地奔波在马路上,城市里车水马龙,高楼大厦耸立在云端,他们都在忙碌,似乎没有人关心我的婚姻，没有人关心我的思念，没有人关心我的一切。我知道，就算小玉今天离开，世界还是明亮的，地球依旧在转，但可惜，我只有一个人了。

艾奇哥喝了口茶，又拿了块甜点放在嘴里，一边嚼着，一边继续听我讲着这些天的遭遇。

听完后，他一边笑着，一边递给我一块甜点，说："去找她吧，不要等到失去了，追悔一生。"

他又说："你啊，就是谁都愿意聊，就不喜欢跟小玉讲真心话。"

我点点头，问他该怎么办。

艾奇哥说："我知道你怕吵架，可吵架不是坏事，吵起来总比没话说要好，吵架也是一种交流。夫妻在一起最怕没话说。"

是啊，我们多久没吵架了？

这些年，我一直避免跟她发生冲突，如果可能，我会逃离家庭，逃离矛盾，因为我害怕吵架，就像我害怕生活的压力一样。

艾奇哥说："弟弟，你傻了吧，夫妻之间很重要的一环，是沟通。吵架不可怕，但一定要学会复盘，要思考下次什么话题不要碰了，下次什么事情不能做了，下次谁的责任，要去做点儿什么。"

艾奇哥给我讲了个故事，他说他的母亲来帮他们照顾孩子，每天除了照顾孩子，还负责给他们做饭。他妈妈知道他喜欢吃什么，安排得特别好。但他明显能感觉到，宇甜是不高兴的，因为她觉得自己在家的地位降低了，得不到重视了。家庭关系其实也是政治关系。

艾奇哥说："吵过几次架，虽然没直说，但我很快意识到了一些问题。有一次放假，宇甜在外面订了一桌饭，她提前告诉妈妈说晚上一起在外面吃，可是妈妈忘了，在家里做了我最喜欢吃的荠菜饺子。我回到家时，她们已经剑拔弩张，不知道应该怎么办了。你猜我做了什么？"

我说，不知道。

他说："如果按照我原来的逻辑，我一定劝媳妇儿把那桌饭退掉，因为妈妈包的饺子不容易，万一明天饺子坏了，不就浪费了吗？但我们曾经因为类似的事情吵过架，吵架就是一种交流，还记得吗，要复盘。"

嗯。我点着头。

他说："于是我跟我妈说，妈，咱们今天在外面吃吧，这顿饺子我们冷冻起来，明天我再加两个菜，今天您就休息，咱们听宇甜的话，去外面吃，好吗？"

天哪，那你妈妈不会生气吗？

他说："当然会。但我需要告诉妈妈，这个家里，宇甜是优先级，是第一位的，所有人、所有事情，都往后排。妈妈一开始会生气，但是逐渐，她会习惯的。现在，妈妈在家做的任何决定都会提前问一下宇甜，而宇甜也特别尊重妈妈。"他又说："你知道吗，以后如果我们有了孩子，她依旧是我们家的优先级，是第一位的，我们还是会一起旅行，还是会有两人的空间。你和小玉也是一样，你们是家里的顶梁柱，是家里最后的防线。"

我像被什么点醒了一样。

艾奇哥继续说："你知道吗，弟，你总是不喜欢跟妻子交流，你觉得尴尬，你觉得没必要，可好的感情一定要交流，何况你这样的事情，连出轨都不算，为什么不交流呢？既然舍不得，为什么说不得？"

他总是这样，既滔滔不绝，又充满正气，虽然招人烦，却让人无法反驳。

他继续讲着一些大道理："婚姻中最忌讳的，不是吵架，而是指责、批评还有鄙视，许多感情，就是在这种关系中逐渐消失了，一个人瞧不起另一个，一个人看不上另一个，这样的感情怎么长久呢？"

我说，我没有鄙视她。

他说："如果不鄙视，就去解释。"

我有些清醒了,知道接下来应该做点儿什么了。也有些明白,或许我早就知道,只是需要别人挑明而已。虽然我早就知道,但有些话,他说比我知道还要重要。我想了想,决定还是再挑战一下艾奇哥——这个看起来什么都知道、什么都想唠叨的人。

哥,我问你,你有过不爱对方的时候吗?

"什么?"他很诧异,没想到我问了这么一个问题。

我继续说,爱是会产生的,那么爱就是会消散的。如果你对宇甜姐的爱消散了,你会怎么办?

"去爱啊。"艾奇哥说,"去爱她啊!"

什么?这回换我说这两个字了。

"弟,爱是动词,是一系列动作。当你发现你不爱她的时候,你就去唤醒曾经的感觉,就像你刚才说的那样,想起和她相识的那样,你唤醒了你之前为什么爱她的感觉,想到了你们曾经彼此炽热的温度,你会重新爱上她。爱是动词,爱是婚姻的基础,去爱比爱还要重要。"

他喝完杯中的茶,按了一下桌子上的呼叫器,服务员走了过来,他对服务员说:"麻烦加点儿水,对了,再加点儿茶。味道有些淡。"

服务员拿着茶壶打开门,艾奇哥继续对我说:"你们也是一样,有些淡。"

说完,他打开了茶壶盖,服务员把茶撒进茶壶里,盖上盖子。我听见茶叶跳进水里,唱着歌。

8.

我很怕艾奇哥的原因,就是他总能看得清事情的本质,看得清我们的问题,然后点明揉碎了给我们看。这种感觉就像我裸体在游泳,他在高台上,看得清清楚楚,我所有的隐私,都被他看得明明白白。

但这种沟通有个好处,他能告诉你应该做什么,什么地方需要改变,我需要这样的朋友。

艾奇哥看似比我只大三岁,却有着大三十岁的心智模式。他好像从来没有紧张过,没有出过错,任何压力在他这里都化作动力,任何难题在他这里,都不过是简单一笔。

其实,我看书的习惯也是他教我的,他告诉我,书里有世界,书里有乾坤,书里也有很多你想知道的难题。我承认,我确实没怎么看过书,最多也就买完书之后看看封面上的话,把这些话背下来平时用,来显得自己有文化——至少小玉觉得我是有文化的。

她爱我，所以总是给我太多自信、太多热情。

艾奇哥不一样，他买的每一本书都读，他的主持经常引经据典、出神入化。我很想知道，他有没有绝望的时候。

我一直不敢让小玉跟艾奇哥见面，害怕小玉认识艾奇哥。我不知道你们有没有这样的感觉，不愿意让你不同圈子的朋友相见，甚至害怕他们见面。因为他们一见面，彼此交换对你的看法，你更像在裸泳一般，一丝不挂。

再次喝完了壶里的茶，艾奇哥问我："你懂了吗？"

我说，我懂了。

其实我早就知道了，但我更懂得，我是爱小玉的。

我懂了我们并不是因为有了孩子，所以才结婚，我们是因为有爱，所以才决定在一起。如果仅仅是因为有了孩子就结婚，那就算两个人无比努力，最后伤害的也不仅仅是双方，更可能伤害的是孩子。但我不一样，我是爱她的，就像她爱我一样，只是在结婚前，我没有想明白而已。

分开的这段日子，我无时无刻不想跟她视频聊天，想见到她，想拥抱她，我才知道只有分开时的想念才是爱，相遇时的拥抱才是情。我懂了，如果是爱，就应该有结晶，哪怕没有结晶，至少应该有个好的结果。现在的结果不好，我要改变它。

喝完茶后，已经到了晚上，我叫不到车，又不想坐地铁，于是我绕着三环开始往回走。

走着走着，我的脑子开始放空。

三环的高楼大厦耸立在道路两旁，地铁口密密麻麻的都是人，大家拿着手机刷着别人构造出的世界，无意识地一条条地浏览着那些跟自己无关的视频。有的情侣坐在麦当劳里，一只手牵着对方，一只手拿着手机给另一个世界发着信息，我真希望那个男生是个左撇子，这样左手打的字才不容易错。

我想起程逸跟我讲的话，他说我们的婚姻很奇怪，在西方，婚姻是三角关系，夫妻之间一定还要加上上帝。因为三角关系更稳定。所以在婚礼现场，神父或者牧师一定会问双方这么一个问题：新娘，你是否愿意这个男子成为你的丈夫，与他白头偕老，直到生命的尽头？新郎，你是否愿意这个女子成为你的妻子，永远保护她对她忠贞不渝？当两方都说"我愿意"时，新郎拉起新娘的手，说：我以上帝的名义，郑重发誓，无论贫穷还是富有、健康还是疾病，我都爱你、尊重你，直到死亡。接着新娘拉起新郎的手，说：我以上帝的名义，郑重发誓，无论贫穷还是富有、健康还是疾病，我都爱你、尊重你，直到死亡。

好了，我又犯职业病了。

每次想到这些话,我都一定要把流程过一遍,怕剪辑的时候出问题。

但程逸的意思很明确,三脚架是最稳定的,如果生命力只有两个点,势必会有不稳定的情况。

我还记得那天我是这么反驳他的,谁说我们的家庭只有两个点?夫妻加的东西多了,比如夫妻加孩子、夫妻加工作、夫妻加婆婆、夫妻加"小三"……我们可以加所有东西啊!

记得那天,程逸脸都红了,说了句:"那你加你的去吧!"说完,他就给别人化妆去了。

但我现在明白了,夫妻加孩子,就会被孩子拖累到家庭垮掉;夫妻加工作,就会让家庭只剩赚钱,其他一塌糊涂;夫妻加婆婆,只能诞生"妈宝男";夫妻加"小三",出轨的爱情谁能接受呢?所以,我们的家庭永远是这样,不稳定,于是离婚率居高不下。

那天我看到一条新闻,说有些大城市的离婚率已经相当高了,许多年轻人都已经不结婚,不要孩子了,但他们养猫。

不过也可以理解,晓睿不就是不婚主义者吗?

现在这个年头,年轻人谁愿意被束缚啊?如果不是拿爱情交换,谁不愿意过一段只属于自己的生活啊?

我正想到这儿,一个老头儿从身边走过,他撞了我一下,把我撞回到现实世界中。周围的共享单车拼命地滑过我的身旁,公交车呼啸着和出租车比着速度,却被拥堵的交通牢牢地卡在原地,汽车尾气逼得人们戴上了口罩。天渐渐变暗,三里屯附近的霓虹灯渐次亮了起来。几个穿着性感的姑娘,吸引着旁人的目光。

我瞪了眼那个撞我的老头儿,他起码七十岁了,他为什么一个人在马路上晃呢?他老伴儿呢?孩子呢?他离过婚吗?如果没离婚,他夫妻加的那个部分是什么呢?书里说,原来人是分成青年、中年、老年三个阶段的,现在科技发达后,人可能会活得超过一百岁,人的一生或许不再是三个阶段,可能是好多个阶段,在这些阶段里,首先不稳定的就是婚姻。

我当然能理解,如果你不爱一个人,如果你已经五十岁了,原来想想,再忍忍吧,还能离咋的?现在不一样了,你一想还有五十年要活,那怎么,不离咋的?还要再忍受半辈子吗?

没有爱的婚姻是难受的,甚至是绝望的,谁能忍受这样的生活啊?

我看着那个老头儿,忽然感到一丝悲凉。

他也回头看了我一眼,喊了一句:"你不长眼睛啊!"

好吧,我不长眼睛,祝你一切都好,祝你夫妻生活和睦,祝你现在还有性生活。

所以如果在这里,所有人的婚姻都是有问题的,那我们的婚姻制度是不是就存在问题呢?是不是每个结婚的人,都要戴着镣铐跳舞,带着铅球上独木桥呢?夫妻两个点就不能平衡吗?现在看来,好像是不能的。

我继续朝着家走,我不知道走到了哪儿,我也不知道回到家后,小玉会不会给我开门,我甚至怀疑她已经搬家了。我看了看表,已经快九点了。这座城市,从来都是那么热闹,现在这双井桥的路口还是车水马龙,无论多晚,都堵得水泄不通。

九点多,我走到一家剧院门口,恰好,一场歌剧刚刚结束,许多人从剧场的大门里走了出来,有些微笑着,有些沉思着,有些焦急地叫着车,有些寻找着自己的车位,有些打着电话,有些牵着别人的手。

我被人群阻断,不知道应该怎么前行。

忽然一对观众出现在我的面前,老头儿六十多岁,穿着短裤夹克,鹤发童颜,戴着眼镜,拄着拐杖;一旁是同样雪鬓霜鬟的老太太,她微笑地搂着老头儿的胳膊。他们细语着什么,表情像是两个二十多岁的年轻人。

我冲出人群,伸手打了辆车——这个时代真有趣,科技在进步,大家都习惯了叫车,却忘了有时候伸手打车也挺快。

在车上，我再次多看了几眼这座美丽的城市，忽然明白了：夫妻加爱情，也是三角结构，这样的感情，能够更稳。

而我，正爱着我的太太，她是我这辈子永远不会放开手的人。

我走到家门口，抬头看了眼家里的窗户，安静地走了上去。我小心翼翼地敲了敲门，不一会儿门开了，小玉刚见到我，就蹲在地上哭了。我隔着防盗门，没办法扶她，只能陪着她一起蹲着，伸出一只手抚摸着她的胳膊。

我刚准备讲点儿什么，她抢在了我之前，说："对不起，老公，我错了，我再也不怀疑你了！"

我没说话，但我想说，对不起，老婆，我爱你。

9.

其实艾奇哥有时候挺讨厌的，他刚一知道我的事情，就找别人要了小玉的微信，跟小玉说了，还劝小玉，不要总是猜疑，婚姻最忌讳猜疑。

又是一套说教式的讲述。

好在艾奇哥在朋友圈和我的周围，是出了名的好人，几番描述，竟把我太太说到内疚，说到昼吟宵哭。

也怪我，好男人不会让心爱的女人流眼泪，我不仅让她流泪，还派了帮凶让她流泪。

我记得那天晚上，我们说了好多话：我们聊了过去，聊了未来，重要的是，我们还聊了很多我们之前没有聊过的事情。

比如为什么我喜欢出差，我对婚姻和两个人生活的恐惧是什么；比如她告诉我，她最讨厌一个人在家，更不喜欢跟我妈妈单独在一间房子里，不知道跟我妈讲什么。

她说她讨厌我说话不算话，说好去欧洲，结果去了趟密云。

我说，我以为这是个玩笑，过去就过去了。

她说，她只是没说，但不代表过去了。

我们聊着聊着，孩子在里屋睡着了，我跟她到了客厅。

我说，我想跟你喝一杯红酒，一杯就好。

我知道，如果是原来，她一定会说："你疯了吗？多晚了还喝酒。"

但是这次她笑了笑，说："你倒酒，我换一套衣服陪你喝。"

倒酒的瞬间，我感动了，过去的种种浮现在眼前。结婚前，不就是因为这样的吸引才最终走入婚姻的殿堂吗？我忽然明白艾奇哥那句"去爱啊"的意思，爱是动词，是能用时间和情感换来的动作，是对过去的总结，是对未来的期盼。

我把红酒打开，顺着杯壁往下倒酒，红酒在杯子中晃悠着，像是那段晃荡的青春。

我倒上了两杯，走到电视旁，打开了那个许久没开过的蓝牙音箱，我连上手机，放了一首经常听的Jazz（爵士乐）。

一转身，小玉穿着一身粉红丝绸的睡衣出现在我的面前。

她走得很慢，一步步，走得我心潮荡漾。

她说："这身衣服早就为你准备了，你说你喜欢丝绸，还喜欢粉红色……"

我知道，她早就想穿给我看，就像我早想和她喝上一杯酒一样。

她拿着杯子，碰在我的杯子上，那清脆的一声，令我心碎，伴随着爵士乐，我站了起来，关上了灯。

那天晚上，我们在沙发上做爱了。

是的，自从结了婚，自从有了孩子，我们再也没有这么亲密过，我都快忘了夫妻的感觉应该是这样，做完爱，她问我像不像音乐节那次。我厚颜无耻地说，比那次激烈多了。

第二天我给妈妈打了个电话，我告诉妈妈，请她帮我照顾一个月孩子，我要跟小玉去趟欧洲。

妈妈笑了笑说："终于不出差了，好的，明天我就来。"

我又给艾奇哥打了个电话，我说要陪小玉去趟欧洲，后面婚礼的活儿可能就没法儿接了。

生活总是这样,本以为他会祝福我们,没想到艾奇哥有些生气,说:"不行,有个活儿你必须接,你也好久没工作了。"

我说,好吧,那什么时候呢?

艾奇哥说:"尽量不耽误你的行程。"

我无奈地回答,好。

我还是没有办法拒绝艾奇哥,我带着摄像机,参加了这个婚礼。

好在婚礼现场不大,只有五桌,新郎新娘的一群朋友早早到了,艾奇哥站在台上,做着准备,调整着台词;晓睿在不远处,跟自己的团队商量着如何拍摄;程逸给新娘化完了妆,早早出现在现场;我把镜头盖打开,对好了焦,我跟助理说,先把焦点给艾奇哥,记住,一会儿新郎来了,把镜头推上去,然后跟着新人往前走,一镜到底,后面好剪,记得拍好看些。

助理点点头,冲着我笑了笑,然后说:"哥,放心。"

他笑得阴险、猥琐,谁也不知道这助理怎么了。

我从镜头旁走上了台,忽然,一阵音乐响起,艾奇哥说话了:"感谢各位的到来,今天,让我们把时间定格在这个美好的时刻。请允许我为大家介绍今天的主角:新娘小玉,她外表靓丽,温柔大方,是一位贤良淑德的女士;新郎郑直,是我们多年的朋友,这些年他一直拍摄别人的婚礼,今天,终于轮到了他自己的,他说,今天介绍他不能用之前用过的词句,所以我想了想,我想这么介绍——"艾奇哥拿出一张纸说,"郑直,我亲爱的弟弟,没有什么比看到你和小玉幸福快乐更令我高兴的事情了。婚姻需要仪式感,婚礼就是婚姻仪式感的起点,生活里可以没有鲜花,但是要有彼此的甜;生活里可以没有香槟,但要有微醺时的美;生活里甚至可以没有钻戒,但要有为她打天下的心;生活里就算没有钱,哦,不行,钱还是要有的。"

他说着,我一边笑一边哭。我看着这熟悉又陌生的婚礼,想着这些年,我见证过无数爱情,却一直如此孤独。媳妇儿,一直不愿给你办婚礼,是因为我参加过无数的婚礼,逐渐开始怀疑婚姻;我见证过无数相爱的人,所以慢慢开始抵抗爱情;我见过那么多微笑,却一直在孤单地独行。

我错了,我这一生,有了你,其实就不再孤独。人不能没有爱,而我不能没有你。

我只会为你办这一场婚礼,这是我这一生,第一次也是最后一次。这场婚礼,是属于我们的,在我们的记忆中,陪伴我们永远。

我看见小玉在一旁,哭得妆花了。她上了台,两只眼睛跟熊猫似的。

我恨死程逸了，不给我媳妇儿化防水妆。

几十年后，我们重逢时聊到这段岁月，他还狡辩，说老夫老妻了，补办个婚礼谁还会哭啊？

你才是老夫老妻，你全家都是老夫老妻。

那天，小玉拿起了麦克风，我听到她说的那段话："郑直，每天早上起来，我都希望第一眼看到的是你；每天晚上睡觉前，我也希望梦到的是你。你是我的英雄，我会对你不离不弃……"

她开始哽咽，我递过纸巾，不让她说了。

我知道，此时此刻，无论说什么，都没有意义。语言是贫瘠的，一万句话，也不如一个拥抱。

往后的日子，是过出来的，不是说出来的。

我只记得那天我喝了很多，喝到酩酊大醉，喝到不省人事。本来他们给我在婚礼现场换的都是水，但我执意说要喝上两杯，于是，我喝了一下午，到了最后，陪在我身边的，就剩这三个兄弟。他们也喝了好多，觥筹交错间，喝得如醉如梦。

艾奇哥喝得也有些多，跟我说："你啊，别后悔，真的别后悔。"

我拍了拍他，说，不会的，放心。

程逸没怎么多说话，就是红着眼睛，说："上帝会祝福你们的。"

倒是晓睿笑嘻嘻地说:"又一个人走入了婚姻的坟墓,好吧,祝你幸福啊。"

我踢了他一脚,说,你早晚也会进去的,还有,那不是坟墓,那是新生。

他"切"了一句,走了。

我记得那天,回到家,一直睡到了第二天天亮。

又过了几天,我和媳妇儿去了欧洲,我带她去了她一直梦寐以求的巴黎,她一直想去的卢浮宫、一直想登上的埃菲尔铁塔、那被火烧过的巴黎圣母院,还有她做梦都想去的迪士尼乐园。在塞纳河边,她挽着我的手悄悄地跟我说:"我们一辈子不分开好吗?"

我笑着说,拉钩,谁骗人谁是狗。

"你才是狗,我要是狗,也是小狗!"

那就是你还是会骗人呗?

"那谁说得准啊……"

她笑得像个孩子。

那之后,我们谁也没有提过婚礼的事情,因为我记得一本书里写着:结婚以后两个人在一起最重要的是什么?最重要的其实只有一条，就当这婚啊，还没结。

当然，这本书我没看，是艾奇哥告诉我的。

他懂得最多，只可惜，懂得最多的人，总是伤痕累累的那一个。

第二章

摄影师　晓睿

1.

我这人最讨厌的,就是说话时总把"永远"挂在嘴边,哪儿有那么多永远,永远就是用永生的时间,渐行渐远。

知道永远是多远吗?知道人是多么善变吗?知道自己是多么脆弱吗?知道人们多孤独吗?

你什么都不知道,那为什么要说永远?

我喜欢当下,当下是全部,此时此刻就是永远。只有关注当下,人才不容易感到孤独,因为关注当下的人,孤独就是自己的整个世界。

我也不知道那场婚礼是怎么回事,奇哥这么冷静淡定、饱读诗书的人,忽然情绪就崩溃了,站在台上胡言乱语。

当时我根本没注意到他有什么不对,因为每次婚礼,除了工作,我更在乎的是能不能加得上伴娘的微信。

那天的伴娘很难看,但来的几位嘉宾还不错。其实我在跟其中一位伴娘说能不能帮我要嘉宾的微信,伴娘说那位嘉宾已经结婚了。我说,那有什么关系,我不过是要个微信,瞧你把我想得那么肮脏,结婚了就不能跟男生聊天了?什么世道。

他卡壳的时候,我有点儿震惊,我以为是新娘的妈妈把火撒到他身上了。

不过回想起来又觉得怎么可能,奇哥什么事没见过,那么多书白读了——当然郑直肯定不会这么说,这家伙开口闭口都是书,却还是把自己搭进了爱情的坟墓。

这书读的,还不如我读的呢。当然,我从不读书,我读姑娘,姑娘们就是一本本书,姑娘和姑娘是不一样的,有些姑娘是言情小说——只能谈恋爱不能结婚,有些姑娘是工具类的书——我看都不想看。

但因为工作的关系,不看也不行,这些年都是奇哥读完告诉我这本书讲的是什么,可让我讨厌的,就是他每次讲完最后都加一句:赶紧结婚吧。

催婚是传染的,自己进入了牢笼,也想让别人进去。这个跟生孩子一样,都说生孩子多幸福,但谁也没说过自己有多么后悔生小孩。

郑直结婚后,也开始教育我,让我赶紧结婚。

生了孩子后,也天天给我讲有孩子多么好。

我就纳闷了,郑直还教育我呢,没结婚前自己身边的漂亮姑娘什么时候数清楚过?这哥们儿比我小,还比我先结婚,现在竟然来教育我,我觉得我受到了侮辱。

郑直在结婚前有个习惯,只要遇到比自己小的女孩子又不可能在一起的,就叫她妹妹。这个习惯是绝不能跟小玉说的。他结婚后,这个习惯越发严重,因为结了婚,这些姑娘就真的只能是妹妹了。

我记得这家伙婚后有段日子特别喜欢出差,他手下的几个小助理被弄得疲惫不堪,辞职的辞职,请假的请假,实在没人用了,就给我打电话让我冒充他的助理——拜托,摄影跟摄像能一样吗?摄像讲究的是记录,我们摄影拍摄出来要修图,还要调色,我们是艺术家,我怎么能给他当助理呢?当然,他每次都跟我说,给钱。低俗,艺术家是谈钱的吗?我不喜欢跟他谈钱。但我要跟他谈个事儿,我的事儿很简单:你的那些妹妹到底来不来?

我承认我是外貌协会的,但这有错吗?我们的基因就是这么设计的,好看意味着有更多可能生存下来,喜欢漂亮的有什么问题?都是为了活着,有什么问题?有时候,有个漂亮点儿的女孩子在身边一起吃饭、干活儿、喝咖啡,心情都能好很多。

谁能想到，玛丽也知道郑直的妹妹多，我就跟着他出差了几次，玛丽回到家翻我手机，看我又加了几个姑娘后，十分生气，非要跟着一起来，还美其名曰："我在家也挺无聊，我陪你们一起拍东西吧，我也会拍。"

我女朋友叫玛丽，很难听的名字，她自己起的。她的审美在我眼中一直是审丑。

我们在一起一年多了，准确来说，累积起来一年多了。在一起后分分合合的，也不知道过了多久。至于什么时候分什么时候合，取决于我们的心情。用奇哥的话说，"分久必合，合久必分，分分合合，合合分分。"

我永远忘不了那天晚上我们四个在一家日料店里的"演出"。我之所以把它形容成演出，是因为那天充满着戏剧化，充斥着幽默和搞笑，充盈着泪和血，是的，还有血。

那天我们拍完活儿，我问郑直，你要不要带个妹妹，要不然看我俩秀恩爱很尴尬。郑直打开手机，开始寻觅，他寻觅的方式很有趣，早年间，他有无数个用于交友的APP，搜索附近的人、微博定位……现在他结婚了，这些库存自己留着也没用，我就鼓励他多拿出来给我们没结婚的人分享。

他搜了下手机里的联系人，问："你想要哪种类型的？"

我说，你随便带个人吧，但只有一个要求，漂亮。

郑直说："懂了。要比玛丽还漂亮。"

我说，你真不愧是我兄弟。

那天，他带了他的妹妹一起来，那是我第一次见到洋洋。他的妹妹就在当地，是一个自由职业者。洋洋很漂亮，但说实话，我对她，真的没有什么感觉，我对天发誓。

因为那天，我是带着女朋友玛丽一起来的。

郑直说："这个日料包间是洋洋订的，她非要尽地主之谊。"

我笑了笑说，好的，我不会跟嫂子说。

郑直说："滚。"

记忆总是会模糊，但很多人的第一印象总是令人无法忘怀。我记得那是一个夏天，洋洋穿着热裤，格外吸引我的目光。我不认为多看女孩子两眼能怎么样，这是男人的本能，喜欢好看的人怎么了，基因就是这么决定的啊。

但我没想到，女人的敏感确实令人恐怖。

洋洋带了两瓶红酒，我们一边吃着青花鱼和寿司，一边碰着杯。

那家店的青花鱼很好吃，外焦里嫩，鱼肉入口即化，寿司新鲜，三文鱼蘸着芥末，令人垂涎欲滴。

一开始彼此不太熟悉，所以只能通过吃饭来缓解尴尬，吃着吃着,菜没了。

洋洋立刻起身,加了几个菜。我心想,好大气的姑娘。

我只敢想,不敢多说话,因为我无论说什么,当天晚上都可能成为我上不了床的呈堂证供。可是玛丽什么都不说,弄得郑直几乎是崩溃的。

咱们吃饭总不能光吃饭吧,不能发展点儿其他事吗?

于是郑直开始讲一些不好笑的段子,还时不时给大家倒酒。我知道他现在一定后悔死了,为什么要组这个局,还不如回家刷一集电视剧。

他示意我也讲两句话,我示意他我要少说两句。

我能怎么办,我也想多说两句话啊,但玛丽一直在斜眼看着我,我能做点儿啥呢?于是我埋头吃饭,时不时端起酒杯喝上一口。

就这样,时间慢慢地走,时针慢慢地转,喝着喝着,就到了晚上九点,一瓶红酒见了底。我夹了一块三文鱼刺身,放进嘴里,忽然,沉默一晚的洋洋开了口,她脸红扑扑的,显然喝得有些多,她看着郑直说:"郑直,你一晚上怎么这么多话啊?说累了吗?"

我俩笑了笑,郑直也急了:"我还没开始说呢!"

洋洋说:"你知道你为什么不讨人喜欢吗?就是因为你话太多!女人都喜欢话少的男生,深沉才是美,懂吗?"

说完，她看了看我，我看了看玛丽，玛丽看了眼郑直，郑直看了眼大家，我赶紧低下了头。

郑直最怕尴尬，于是他反击道："你什么意思？你是想当二嫂吗？"

这个玩笑开得真是有水平，玛丽正玩儿着手机，忽然目光从手机里抽离出来，拿着手机，笑容尴尬地挂在了嘴边。

房间里的笑声此起彼伏，桌子上的菜似乎也开始舞动着自己的身躯。我倒上一杯酒，想看洋洋怎么接这番难解的话。

谁也没想到，洋洋也豁出去了："我就是想当二嫂怎么了？你吃醋了吗？"

郑直立刻端起酒杯，起身："那恭喜你们。祝你们白头到老。"然后转身跟玛丽说："嫂子对不起啊，我错了。"

我的微笑浮现在脸庞，尴尬因为一个段子化解了，我端起酒杯，给郑直和洋洋敬酒。三个杯子碰出清脆的声音，像山顶的风铃，像远方的太阳，点亮了夏日的夜空。忽然，一个更加清脆的声音撞到了三个杯子上，这个声音，像一声雷，在夏日的夜空里点炸了刚才的梦。

玛丽也端起了杯子。这一下，空气好像凝固了，四个人都举起了杯子，端着干掉了杯中的酒。郑直擦了把嘴巴，笑了："看来吃醋的不是我啊！"

房间里就这么热闹起来。

看吧，男人和女人有时候确实需要几个两性的段子才能让气氛更欢快。果然，时间开始变得飞快，我们聊了好多刚才不敢聊的话题，另一瓶红酒也很快见了底。

我们说说笑笑，我们聊到过去，聊到未来，聊到对彼此的印象，聊到生活的烦恼。这个时候，玛丽又开始扫兴，她偷偷给我发了条信息："走吧。"

真扫兴，出来玩儿何必呢？我假装没看到，瞟了眼郑直。这家伙显然也喝多了，但他看懂了我的眼神，跟洋洋说："我觉得，我们可以再要一瓶，最后一瓶，喝完咱们就走。"

洋洋也喝多了："一瓶不够，要两瓶吧！"

我们几乎是一起说，够了够了。

洋洋端起酒杯，从座位上站了起来，说："好，就要一瓶，但，我要喝清酒！"

"最好别掺酒，容易多。"玛丽终于说话了。

我不知道怎么接，看了看郑直。郑直这笨蛋，就知道笑，不知道是不是喝傻了。

我鼓起勇气，又看了眼洋洋。

洋洋没看我,她站起来,看着天花板,转着圈,大声地说:"我喝酒就是为了——醉啊!服务员,我要点一瓶——一滴入魂!"

说完,又"哈哈哈"地笑了起来。

我转头看了看玛丽,她满脸写着低落,像内心压抑着怒火,却又不知所措。

2.

语言是最大的祝福,也是最大的诅咒。

有人说口乃心之门户,也有人说喝了酒口是心非,有人说酒后吐真言,也有人说酒后说的话都不能算。

这就是我一直不喜欢这些读书人的原因,他们说的话,放在一起都是矛盾的。

一会儿男儿膝下有黄金,一会儿大丈夫能屈能伸。

一会儿宰相肚里能撑船,一会儿有仇不报非君子。

一会儿喝酒有害身体健康,一会儿高兴了就应该喝上两杯。

人啊,高兴就好,哪儿那么多条条框框。

好在那天,大家都很高兴。郑直一直开着"二嫂"的玩笑,每个段子都离不开"二嫂",他一边开玩笑,一边跟玛丽说:"没关系大嫂,您先玩儿手机。"

玛丽一边跟着笑,一边也喝起了酒。

那天晚上,我们又喝了两瓶清酒。

喝到兴奋处,大家哼着歌,说说笑笑,飘飘欲仙。酒是个好东西,能让人开心。

那天洋洋很激动,把酒打翻了好几次,有些泼在桌子上,有些洒在她的大白腿上。如果玛丽不在,我肯定递过去一张纸巾,帮她擦擦,顺便……唉,我这么想好猥琐,不能表现出猥琐的样子,虽然喝了酒,但还是要保证自己只爱玛丽。

好累。

他们结了婚的是多么想不开。

郑直倒好,不给洋洋递纸也就算了,还一个劲儿说:"哎呀!注意点儿啊,别洒啊,这酒挺贵的。"引来洋洋一巴掌接着一巴掌地打过去。

我抬头看了看时钟,已经十一点了,我扭头看了眼玛丽,她的笑容也渐渐浮现在了脸上。唉,不容易,她终于知道,这一切都是在开玩笑的。

女人啊,永远不知道什么时候是开玩笑,什么时候是认真的。能说出来的话,往往做不出来;能做的事情,往往也就不会说了。

玛丽你想，我要能跟别人有什么，怎么可能带你一起出来呢？好在你也想通了。我们继续在饭桌上说说笑笑，我把手放在玛丽的手上，直到洋洋讲了个什么，一巴掌把红酒杯打倒在桌子上，我撒开了手。

忽然，酒杯碎了，玻璃碎了一桌，一块坚硬的玻璃碎片划过了她的手指，一丝红色的东西崩裂了出来。我分不清是血还是剩余的红酒，直到那红色开始变多，我才忽然意识到，坏了，是血。

我和郑直同时站了起来，把手上拿着的餐巾纸递了过去。

真不小心，喝个酒还能见红。

就在这时，玛丽一把抓住了我的手，她严肃地看着我，像是要说些什么，却欲言又止。

她冲着我摇摇头，我看了眼郑直，他已经把餐巾纸递给了洋洋。洋洋擦着手上的血，哈哈大笑。我安静地坐了下来，等待着这一场局的结束。

我再次把手放回玛丽的手上，不知道是不是空调过低的缘故，我感到她的手十分冰凉。

那一晚，我忘记是怎么收场的了，只记得，北方的夏天温差很大，刚刚还是炽热的夏天，到了深夜一切又显得特别冷清。

我隐隐约约记得好像去唱了歌，还吃了夜宵。我记得看到了那座小城夜空中的霓虹灯，看到了酒吧街上的男男女女。我印象最深刻的，还是这座城市的地面。我的脸好像贴在了地面上，我的胸膛似乎和地面融合了，被地面融化了，我的精神好像被地面融解了。我的脑袋似乎和地面有着深刻的撞击，以至于我第二天早上起床时，脑袋上顶着一个巨大的包。

嗯，我确实喝多了。

第二天一早，我努力地睁开了眼。没想到，我是在床上的，玛丽竟然没有让我睡沙发，玛丽还在睡觉，我一个鲤鱼打挺，急急忙忙到了片场。我不记得昨天晚上自己怎么脱掉的衣服，但一觉醒来，觉得自己焕然一新。

到了现场，郑直已经架上了机器，看我来了，笑着丢来一节电池，说："昨天你喝大了。"

废话，还用你说？

我拿了块新电池给他递了过去。

他一边检查着设备，一边小声地说："忘了告诉你啊，今天早上，洋洋起床让我代她向嫂子道歉，说昨天喝大了，开玩笑过头了。"

我说开了什么玩笑，我都忘了。

他说："就大嫂、二嫂那个。"

我笑了,说,放心吧,早上起来看玛丽睡得比谁都香,我走了她都没起来。

"真没生气啊?"郑直小心地问我。

真的没有生气,女人我还不懂啊。如果生气了,我昨天肯定就睡沙发了,她还能帮我把衣服脱掉放我上床上睡啊。再说了,要是跟姑娘发生点儿啥关系,那还不得偷偷发生啊,谁还能在饭局里当着媳妇儿的面就开始了?还大嫂二嫂的,有病吗,这都不符合常识和逻辑好吗?

郑直看着我说:"那你觉得有必要当面道歉吗?"

我说当然没必要了,让她俩别见面了。但说实话,我挺喜欢那姑娘的。昨天要不是玛丽硬拦着,我早去加微信了。当然,那是你妹妹,加了也没别的意思啊,就是多交个朋友。

郑直打断我:"我把嫂子微信推给她了,她们应该加上了,你要想要,你自己找她去。"

我一下子着急了,你什么意思啊,郑直,你这是扰乱我家庭生活啊!你把她俩放在一起,这能聊出点儿啥?万一她俩为了我打起来怎么办?你还让我找玛丽要别的姑娘微信,你太孙子了,我不给你拍了,钱不要了,我很生气!

"你别生气啊!"郑直说,"其实你心里也在偷着乐吧。"

我说，不生气也行，你赶紧把洋洋的微信推给我。

"好，那请我吃火锅。"郑直说。

就这样，我用一顿火锅，要到了洋洋的微信。

其实我也不准备跟她说点儿什么，更不知道应该说点儿什么，这些年我追女孩子的经验是这样的，无论对方说什么，我都讲一番跟这个事儿有关，其实也没关的话语。女人啊，才不管什么逻辑、真假、过去、未来，女人就关心情绪和当下。比如她说好喜欢这件衣服。我的回答往往是，哇，是吗？你穿起来一定特别好看。我是把妹大神，前些日子，我在街上搭讪女孩子，女生说，她在等男朋友。这么复杂的情形我都能接：你男朋友真有福气，能让你这么漂亮的姑娘等。结果还是加上微信了。

加了洋洋，我也没主动发过信息，谁叫我家那位盯得紧呢。

结果我刚一加上她不久，她给我回了这么一条："大叔你好。"

我差点儿一口水喷出来，叫谁大叔呢？

她继续发："我刚给姐姐发了条信息，原话是这样的：姐姐好，昨天我喝大了，玩笑开过了，向您道歉。我有两张水族馆的票，请您跟大叔一起看。还加了一句：我就不去啦。我也没买我自己的啊。笑脸。"又发了一句："姐姐过了很久，回了我四个字：谢谢，不了。"

接下来给我发了截图,我仔细一看,几乎一个字也不差。

我刚准备说点儿啥,她继续回:"大叔,你能让姐姐别生我气了吗?我最怕漂亮姐姐生气了,我没想当二嫂,跟郑直哥开玩笑的,你帮我说说,我不喜欢大叔。我都叫你大叔了,我真不喜欢你。"

这姑娘,咋这么可爱。

我说,好,那……你那两张票也别浪费了啊,要不咱俩去看?

她回:"大叔,千万别,姐姐看到了会杀我的。我明天给你们寄过去,你们在哪个酒店?"又回:"不用了不用了,我直接寄给郑直哥。"

我拿着手机,笑了。这孩子,像个傻子一样,纯真直白、简单纯粹,怕惹事、怕得罪人。她还喋喋不休,又发了条:"拜拜,大叔。"加了个调皮的表情。

第二天,我把留言给郑直看。郑直也笑了,说:"单纯吧,可爱吧,你要单身绝对会喜欢上她。"

我不服气,说,什么意思啊?我不单身就不能喜欢她了?何况,我本来就单身啊,今天,我们都单身。不,明天也是。

郑直瞪了我一眼,举起左手的无名指,一枚明晃晃的戒指,差点儿晃瞎我的眼睛,他说:"谢谢,哥们儿我结婚了。"说完走了。

嘚瑟啥，戴着枚戒指，还以为多占便宜，殊不知，一枚戒指，锁住了自己的一生。这家伙还不清楚戒指多贵呢，这戒指，买下的是你这一生的自由，傻了吧唧的，都不知道，一颗钻石，限制自己半辈子，划得来吗？

我可不能活成他这个模样。

我吹着口哨，回到酒店。

我打开房间门，把机器放在门后，拍了拍身上的土，看见玛丽正坐在床上，看着言情剧。我走进房间，她还目不转睛地盯着电视，我也看了眼电视上那滥情的台词，赶紧脱掉衣服，走进浴室。我洗了个澡，擦干净身体，出了浴室，见她还是趴在床上，活在电视里。我穿上睡衣，爬上了床，风驰电掣般爬到她的身上，被她孔武有力地一脚踢下了床。接着，她面不改色地说了声："滚，睡沙发。"

我呆若木鸡地坐在了地上。

她看了我一眼，说："你要不睡沙发，我睡。"

我站了起来，抱着被子，朝沙发走去。

3.

比语言更可怕的,是女人的嫉妒心。

这是我妈妈告诉我的。

小的时候,我记得因为爸爸回到家,身上多了一根黄色的长头发,妈妈盘根问底追本溯源,最后,什么也没问出来。于是妈妈费尽心思去调查爸爸,还找了私人侦探。

结果,查出来两件事:第一件,爸爸在外面确实有人;第二件,这根黄色的头发其实是她自己的。

小时候我特别痛恨我爸爸,没事在外面找什么女人。我学着妈妈的语气,在日记本上写着:他作为一个男人,根本没有尽到对家庭的责任!

随着我长大,从男孩变成男人,我越来越懂我爸爸了。他隐瞒得这么好,不就是为了家庭稳定吗?他都这么努力了,还怪他干吗?他们互相都不爱彼此了,为什么非要在一起呢?

后来爸爸提出离婚时,妈妈后悔了。她哭着说真不应该找私人侦探,谁也经不住查。我知道,妈妈离婚后更寂寞了。

我长大后,隐约能感觉到妈妈在外面应该也有一个人,但那个时候,我已经不在乎了,他们有他们的生活,我有我的日子。

"日子"这个词对我来说是可怕的,不过最可怕的,还是女人的嫉妒心。我在沙发上睡了一夜,听到房间里的她也在翻来覆去,我知道今天晚上的她辗转反侧,但她就是不跟我说话。

每次我走进房间,她都面无表情地看我一眼,我知道,这不是聊天的好时机。

就这样,我在沙发上睡到了天亮。

过了几天,我们拍完了戏,郑直要留在这儿收尾,我和玛丽先回。从这个小城到北京的高铁很方便,有些车次只要三个多小时,但在路上,我们一句话也没说,那时间漫长得像过了三天。

我看着窗外匆匆而过的建筑,看着转瞬即逝的大树,像看见了我曾告别过的那些人,像看见我即将要说再见的玛丽。总之,心情怪怪的。

我也不知道再见的意思是不是再也不见,但下了火车,我还是跟她说了句再见。

她愣在原地,眼睛里写着一些吃惊,说:"晓睿,你不觉得,你欠我一句话吗?"

正常情况,这句话,应该是"我爱你",于是我张口就来。

"不是这句。"她说。

那是哪一句?我摸了摸头,有些不知所措。

"你欠我一句道歉。"她一个字一个字,从嘴巴里蹦出。

人群继续游走着晃动着,高铁广播继续播放着。我当然知道,在女人面前,无论你多有理,都是你没理。就算你什么逻辑都对,女人还有最后一招:"你为什么吼我?"还有那句万能的话:"你用这种态度跟我说话是怎么回事?"

所以,我没有反驳,走了过去,一把搂住她,说,好,我错了。虽然我并不知道错在了哪儿。

她用力甩开我的手,说:"你!你还真的跟她有点儿啥是吧?"

我跟谁啊?有点儿什么啊?我又迷糊了。

她像一挺机关枪,突突着我:"我是说,你们还都跟我道歉,怎么,她道歉完你道歉,你们商量好的吧?你还跟她成一伙了,你们……在我眼皮底下调情,把我当成什么了?我还成电灯泡了?我算什么啊?你别忘了我跟你在一起多久了,你忘了你在老家的时候我就陪在你身边吗?你现在出息了,来北京了,当了个破摄影师,认识几个姑娘,你就嘚瑟是吧?你不就瞧不起我吗?那我回老家总可以了吧?你有什么了不起啊……"

又来了,这女人,只要发飙、生气了,每次失控,就各种事情放在一起联想,过去、未来在她的脑海里都变成了现在。

她一会儿讲的是事实,一会儿讲的是情绪,当然,我也分不清她到底在说什么,只能先让她把情绪发泄完,再解释。结果这一回,她刚发泄完,我还没来得及解释,她就转身跑出了火车站。我愣在原地,不知道追还是不追。

算了,不追了,毕竟,女人不能惯。

天涯何处无芳草,何必单恋一枝花。

回家的路上,我想起了和她的种种,我刚认识她时,我还在读高中。

我们不在一个班,她是我学妹。

我那个时候长得帅啊,现在当然也帅,学习成绩又好,她就像个小迷妹一样疯狂地追在我屁股后面,一会儿送花,一会儿看我打篮球。后来我来北京读书,跟她也就一个学期能见一面,她还是像个痴货,整天发短信问我大城市的生活是什么样的。

我一直把她当妹妹,从未有过什么想法。

再后来我们大学毕业,她在家乡找了个男人结婚了,没生孩子。可结婚才几个月,那男的喝酒喝大了,掉到井里淹死了,但在此之前,她刚刚和他吵了一架,所以他死之后,她一直觉得跟自己有关,自责了好长时间。

后来她来到北京找我,我开导她,我说这些都不怪她,这些都是命。

她才逐渐走出了自己的悲剧,甚至自己也可以喝上两杯了,也越来越喜欢跟我在一起了。

我不记得我们第一次发生关系是什么时候了,只是记得,她完事儿后给我听了首歌,挺好听的,后来才知道,是周杰伦的《我不配》。

我瞬间保护欲就上来了,我说,你就当我女朋友吧,我来帮你彻底走出来。

她羞羞涩涩地说好。就这样,我们确定了男女朋友关系。我倒是无所谓,我可以同时拥有好多个女朋友,做好事嘛,我从来不留姓名。

每次她见到我身边的这些好朋友,总是只言片语、沉默寡言。如果见到谁带来个漂亮点儿的女孩子,她总是悄悄地跟我说:"她们好美啊。"然后回到家,就冲着我声嘶力竭地喊:"你以后不准多看她们。"

我感受到了她的自卑,这种自卑总会变成对我的控制,这一点令我很不爽。

于是,我决定改变她。我告诉她,你可以来北京,跟我一起,在北京开一个摄影工作室,把家乡的事儿往北京挪。

她说她不敢,因为她什么也没有,害怕来到我身边给我压力。

我说，我也什么都没有，买不起房，车也是二手的，但你来北京，我能多一些自信。

我的保护欲总是在不该来的时候来。

结果第二天，她竟然把家乡的房子卖了，在北京的郊区付了套房子的首付，她还安慰我说："不用担心，等我们结了婚，一起还。"

她一方面让我很感动，另一方面让我备感压力。

我压根儿没想过要跟谁过一辈子，这世界还有大把美女等着我呢，玛丽这是要干吗？何况，谁要跟她一起还房贷？

有时候我也会同情自己，安慰病人把自己弄生病了，炒房把自己炒成了房东，追女生把自己追成了老公。

后来，我花了很长时间，帮助她走出阴影，但最终，我也走进了阴影。

她一生气，我就立刻安慰她；她一嫉妒，我就立刻贬低别人；但我也有受不了的时候，比如这次，累好几天了，我和那个叫洋洋的姑娘，一点儿关系都没有，她这火发的，简直莫名其妙。

算了，我先学郑直，睡个一天一夜，再管她怎么回事吧。

那天我回到家，打开了热水器，洗了个澡，煮上了一碗面。我把西红柿切成两半，放进热水中，又打了一个鸡蛋扔进了面汤里，我放上作料,滴了两滴香油,盖上盖子,打开电视,把声音开到最大。

五分钟后,我"吸溜吸溜"地吃上了最喜欢的西红柿鸡蛋面,我吃得满脸大汗,于是从冰箱里拿出一瓶冰镇啤酒,一边吃一边喝。

你说,郑直那些结了婚的人,谁能有我这么爽的日子?我把电视声音开到最大,陶醉在一个个有趣的节目中,我想看球看球,想听相声听相声,谁也不跟我抢电视。就这样,我忘了睡觉,也忘了太阳已经落山,时间已经到了凌晨。

我终于有了一丝困意,睡觉前,我还是习惯性地想跟玛丽发条晚安,但忽然想起,我们今天好像吵架了,别看了,她不会发消息给我的。

可万一她给我发信息了呢?万一她说她错了呢?

于是我看了眼手机。果然,多想了,她没有理我,女人的嫉妒心真可怕。

我躺在床上,闭上了眼睛。忽然,手机响了,我有些窃喜,小样儿,你还是忍不住要给我发信息了吧。

我打开微信,一条信息吓了我一跳。

"大叔,你睡了吗?"

我的心一下子提到了嗓子眼儿,忽然,我想起我妈说的另一句话：比女人的嫉妒心更可怕的，是女人的直觉。

4.

我们"四大金刚"里最木讷寡言的人，非程逸莫属，他就是冬天的知了——一言不发。倒不是因为他长得不好看没女生喜欢，而是因为这个人胆子小、不爱说话，最可怕的是，没有能读懂女孩的直觉。所以他离婚后，一直一个人，我问他为什么不追女孩子，他说他不知道女孩在想些什么。

我甚至问过他为什么离婚，他说，他都不知道自己为什么就结婚了。

他最近喜欢上一个姑娘，姑娘晚上给他发信息说："我迷路了。"

他竟然这样回："你能分得清东南西北吗？"

我差点儿被他气死。

我对他说，如果那个女的能分得清东南西北，还用你干吗？如果那个女的真的分不清东南西北，又怎么会问你呢？他摸摸自己的脑袋。显然，他没懂我在说什么。

我继续说，一个女的半夜不睡觉给你发信息说她迷路了，到底想说什么。

他依旧摸着他的脑袋,说:"我是不是告诉她上下左右更好?"

我说,你是不是脑子有病?

他继续摸着头,忽然,他说:"我明白了,我应该送她一张地图。"

我气得差点儿一头撞死。

他看我崩溃的样子,问:"那你说应该怎么回答?"

我说,不是说该怎么回答。一个女生,半夜给你发信息,无论发的是什么,都代表着:她对你有意思。

程逸摸摸头,还是没懂。

于是我就把这几天晚上,洋洋发给我的信息给他看。

昨天晚上,洋洋又给我发信息了:"大叔,我有点儿分不清路。"

我特别自豪地给程逸看:宝贝,你站在那儿等我,我现在飞过去给你指路。

她回了两个捂嘴笑的表情:"你真贴心。"

我回:我只贴你的心。

二十分钟后,我问,你到了吗?

她回:"到了!"

我回:到了不跟我说啊?我担心了好久呢。

她回:"嘻嘻,大叔,下次不这样了。"

我只给程逸看到这儿,程逸满脸写着佩服,问我还有什么高招。

我说,这个不能再说了,再说就要知识付费了。

他瞪了我一眼,说:"你就乱搞吧,希望你快乐,阿门。"

这家伙永远这样,但凡遇到女孩,就变得三缄其口。

其实也并不完全是遇到女孩不会说话,他遇到男生,有时候也说不出话,就像他的朋友圈一样:即使没有"三天可见",也见不到他的几句话。

跟别人说话是很重要的,想到这儿,我忽然想到,我和玛丽很久没有说话了,我知道她肯定在生闷气,我也知道,只要不回复她,按照她的低自尊性格肯定不会主动找我,我们这样冷战下去,结果多半就是分手。

我之所以不在意跟玛丽分手,是因为我的备胎多着呢,我一点儿也不寂寞。

其实我挺受不了那些分了手要死不活的人,我更受不了那些整天说什么时间是治愈伤痛的良药,狗屁,治愈伤痛的良药只有一个,叫备胎。

想想吧,如果后面的女朋友比前一个年轻、漂亮、懂事,人哪里还有时间悲伤?

这世界就是这么现实。

所以只要不结婚,我就总能遇到更好的。

又是一个周末,又有一对新人进入了婚姻殿堂,又是一个活儿,又是奇哥带我们去了郊区。

那天我很疲倦,因为整个现场最漂亮的只有新娘。那些伴娘无法入目。

不知道新娘怎么想的,也不为劳苦大众着想一下,光把自己弄美了。

没有美女,我怎么工作,所以疲倦感很快就占据了上风。

好在,我们顺利完成了工作,助理给我们送来了工作餐。我赌气似的吃了两碗米饭,躺在门口的沙发上犯困。我眯着眼,好像看着郑直笑嘻嘻地走来。他拍了拍我的肩膀,说:"你什么意思啊?追我妹妹啊?"

我眼睛都不想睁开,就知道他在说什么事,我说,我什么时候追你妹妹了?

"那洋洋怎么老问我你的事儿啊?"郑直说。

我睁开了眼,阳光照射到我的心房,我的疲倦感忽然没了,我说,什么?她问你什么了?

郑直说:"她把你所有朋友圈都看了一遍——你转发的歌曲、

看的文章、发骚的时候抄别人的语录，她还把你之前的微博找到了，每一条都读了一遍……"

然后呢？我问。

"然后？然后疯了似的问我，你是不是一个深沉的人，是不是一个爱读书的人，喜欢什么样的姑娘，会不会对小一点儿的女孩感兴趣……"郑直又说，"我警告你啊，你有女朋友，别蹬鼻子上脸啊，你要蹬鼻子上脸，我跟艾奇哥说去。"

我坐了起来，说，别啊，还不是当时你蹬鼻子上脸，非要叫什么二嫂二嫂的。

郑直很不服气："我那是开玩笑，你们之间真的没什么事儿吧？"

我站了起来，说，管好你家媳妇儿，管我们单身青年干吗？说完，我出了门，点了根烟。我狠狠地抽了一口，抬头看了看天，心里忽然高兴起来。

这姑娘，还真的喜欢上我了。

郑直这臭嘴，跟开了光似的，活生生给自己说出了个二嫂，给我说出了个选择。

没办法，谁叫我帅呢，这是我的人格魅力。想到这儿，我又抽了一口烟。窗外的鸟儿飞上树梢，中午的猫儿懒洋洋地躺在草地上,我无所事事,忽然一个念头冲上头脑,欸,玛丽那家伙最近在干吗,我看一眼她的朋友圈。

我拿出手机,打开她的朋友圈,愣住了,怎么看不到她朋友圈了?这家伙,是不是把我拉黑了,我得测试一下。

当然,我不会像别的笨蛋那样发个什么表情,或者发个"在吗",这种低端的方式,只会丢了我们男人的脸。

上次我把我刚发明的不打扰别人,就知道人家有没有删除你微信的办法告诉了程逸——给她转账。

记住,不是发红包,是转账。

随便输入个金额,点击"转账",如果你被删除了,页面就会显示"你不是收款方的好友";如果你没有被删除,下一步就该输入密码了,不输入就行,钱也不会打过去,对方当然也不知道。

程逸知道这件事后,欣喜若狂,一连转出去好几笔钱,后来我才知道,这笨蛋用的是指纹解锁。

我小心翼翼地发起了转账,果然,她还是没拉黑我,看来她心里还有我,看来她还是无法忘怀。

但想让我看不到你的朋友圈,门儿都没有。我走进房间,一把抢过郑直的手机,趁他没注意,立刻打开了玛丽的朋友圈。

欸,怪了,她什么也没发。

郑直推了我一把,说:"你干吗抢我手机?"

我说,没什么。

郑直笑了笑,说:"行吧,既然你看到了,我就告诉你吧。"

我说,告诉我什么?

他说:"下周三,洋洋来北京。"

我忽然变得很高兴,说,真的吗?为什么啊。

他瞪了我一眼,说:"真的。因为下周三是我生日。"

他背着摄像机走了,走前还不忘记跟我开玩笑:"你要没什么事儿,就别来了。你不是挺忙的吗?"

我大喊着,我不忙啊,又小声嘀咕着,我真的不忙。

5.

我也不知道是从什么时候开始,特别讨厌参加别人的生日聚会,更讨厌过自己的生日。他们都说是庆祝生日,可我就不懂了,明明又老了一岁,有什么好庆祝的?庆祝自己离死亡更近了,还是庆祝又过了一年啥也没干的日子?

这就跟婚礼一样,一群人庆祝一个男人戴上了镣铐,庆祝一个女人将要受生育之苦,真讽刺。

但郑直的生日，我一直都是愿意参加的。尤其是在他结婚前，他的局里，漂亮的姑娘多到……仅次于我的局。

自从他结了婚，我也明显感觉到一切都变了，叫来叫去，就那么几个姑娘，还要跟小玉关系好，还不好看。

男人走进婚姻，就是跟基因为敌。基因告诉你要播撒种子，婚姻告诉你要老老实实。

所以，我是肯定不会结婚的，我也想过，如果实在不幸要结婚，也不能要孩子。

你说弄出孩子多可怕，谁也不知道他是什么样子的，万一还是个女孩儿，我这铁骨铮铮的汉子瞬间就要化成一汪水，要我怎么做人。

那天不知怎么了，忽然下起了雨，大家姗姗来迟。

我好久没见到洋洋了，她还是那样，穿了条热裤，露着大白腿就来了。

她看到我，像是看到个久违的朋友，跟我说说笑笑，有时候还会脸红。

我们在一个农家院里，点了几个菜，买了个蛋糕，插上了几根蜡烛，给郑直庆祝生日。我不记得那天喝了多少酒，只记得洋洋一个劲儿地喊着："开、开、开。"

我看了眼地上的瓶子，散落了一地，有红的、黄的、白的、蓝的、绿的……玛丽说过，酒最忌讳喝杂，喝杂容易死人。

但也不知怎么了，洋洋不停地重复着："喝酒啊，就是要醉！"

奇哥喝了两瓶，就跟宇甜姐走了。她一直不喜欢奇哥喝酒，可每次喝起来，也从来不输于他。那天宇甜姐也很高兴，但八点左右叫了个代驾就走了。

郑直在一旁喊着："别走了啊，就住在这儿吧，我弄了好几个房间。"

奇哥笑了笑，说："给你们住吧，我要叫代驾回家了。不叫代驾，就要付出惨痛的代价。"

我还跟奇哥开玩笑，说，我给你开，我有酒后驾驶证。

说完这个段子，全桌一个人也没笑，只有洋洋笑成了一朵花。

我记得那天，酒越喝越多，但人越来越少。

喝到最后，寿星都多了，他拉着小玉进了房间，我们又呼又喊，尖叫着、捣乱着，像是把两人送入洞房一般。

那天洋洋很有心，她还带来了一位闺密，我知道她的意思，都是一对儿一对儿的，就程逸单着，尴尬。结果谁也没想到，这姑娘的出现，反而让程逸更尴尬。程逸跟姑娘强行聊了两句，就在那儿傻了吧唧地笑。姑娘一看这人这么无聊，就知道笑，反而对我感兴趣了。

到后面喝多后,我随便讲个什么,那姑娘就跟洋洋一样,眉开眼笑,前仰后合,却什么话也不说。女人的直觉都是可怕的,洋洋显然也感觉到了什么,索性坐在了我的身旁。她把我的手放在她的手心里,还时不时地把头靠在我肩膀上。

又喝了一会儿,程逸和那个姑娘分别进了两个房间,睡了。整个农家乐的大堂里,就只剩下我和洋洋了。

一阵风吹来,我忽然有些酒醒,我看着洋洋,寻找着下句话应该说点儿什么,刚转过头,洋洋一下就吻了过来,我闭上眼睛,嘴里弥漫着各种味道。我的呼吸开始急促起来,鼻子充满了她的体香味、香水味、她呼出的二氧化碳,还有我们刚刚喝过的酒味……

我的血压上升,差点儿晕了过去。

她把我推到墙角,一边亲吻,一边说着:"你知道我喜欢你很久了吧?"

我摇摇头,问,从什么时候开始的?

她说:"从刚遇到你开始。"说完就从嘴巴亲吻到了我的脖子。

我闭上眼睛,想起了我的父亲,在这个时候我想起我的父亲不是因为我跟父亲曾经如此地亲吻过,而是我忽然想起父亲在我年少时的一天下午,在我第一次被一个姑娘伤害到痛不欲生时,对我说的那番话:"孩子,年轻时跟姑娘在一起一定记住,要有'三不原则':不主动,不拒绝,不负责。"

这"三不原则"和父亲在跟妈妈离婚后的处事逻辑一模一样。

他们离婚后,每次我去他家,总能看到那些比我大不了多少的女人,不知道该叫这些女人后妈、阿姨还是姐姐。但他就是这样,没出过事,没惹过麻烦,反而喜欢他的人更多。

我想成为他。

我闭着眼,任凭她的那股力量在身上肆意地发泄,疯狂地攒动。

我想起了小的时候,妈妈和爸爸总吵架。那时候刚有小灵通,妈妈一回到家就查爸爸的短信,然后一条条分析,一条条发问。有一次爸爸急了,直接把手机扔在了地上,摔了个稀巴烂。直到我长大后才知道,每个人都有秘密,谁也不可能把自己的全部公之于众,就算是夫妻之间也会有不能说的秘密和不能碰的界限。

小时候听妈妈抱怨多了,总觉得是爸爸不好,越长大越觉得家家有本难念的经,人人都有自己不得已的选择。

我依旧闭着眼睛,喘着粗气,洋洋拉着我的手,放在了她的胸前。她直勾勾地盯着我的双眼,看得我心口火辣辣的。

她拉着我,走向一个房间,我忽然懂了,今天晚上,要出事了。

她努力地扭着门上的扭锁,想要打开这个房间,扭锁纹丝不动,显然，这是刚才郑直和小玉走进的房间，他们已经睡熟了。

她没有放弃，径直走向另一间房。她走路带着风，风里飘荡着她身上的香味。

可是，她刚刚走进这间房，就捂着眼睛跑了出来。我走近一看，程逸四仰八叉地横在床上，上身裸露，穿着条内裤，摆了个大字。

她又往前走了两步，一个声音叫住了我们，洋洋的闺密在房间里说："都几点了？你还不过来跟我睡！"

显然，这句话不是冲着我的，要是冲我，我也不介意。

洋洋不舍地看了看我，走到我身旁，闭上眼睛，等待着我最后一吻。

我不知道此时是不是应该主动，如果我主动，是不是就不符合父亲告诉我的"三不原则"。但我情不自禁地把头探了过去。

算了，反正也没结婚。

结婚前，什么相爱都是试探，什么相处都是磨合。

吻到她时，她笑了，说了声"晚安"。

她依依不舍地走进了房间，我一个人在大厅，环顾着四周，发现没有空的房间了，于是只好走进了程逸的房间。

那一晚，我失眠了。

失眠的原因很复杂，第一个是因为我不知道该如何面对玛丽，不知道我应该怎么把这个二嫂变成大嫂的玩笑讲给她听,她会笑吗?我也是在那时忽然明白,喜剧的内核是悲剧,所有的悲剧拉远了看都是喜剧。这回,我该怎么收场?我辗转反侧,彻夜难眠。

第二个失眠的原因是程逸的呼噜声太大,此起彼伏、震耳欲聋、惊天动地、响彻云霄,令我无法入眠。一开始我试着丢袜子和衣服到他的身上,丢了几次,他都是侧个身然后继续进入梦乡,不到一分钟,呼噜声继续响起。

再之后,手头实在没东西扔了,我连枕头、矿泉水瓶都甩了过去,他都只是侧个身,继续打呼噜。

最后,我干脆放弃了睡觉,我看了看表,已经凌晨四点。我想,现在打辆车走,还能回去补一觉,于是我穿上了衣服、裤子、袜子、鞋子,走到门口。

刚开门,程逸醒了,他迷迷糊糊地问我:"晓睿,这么晚你干吗去啊?"

我说,你那么大呼噜声,我实在睡不着,你说你平时话也没一句,怎么睡着后有这么强的倾诉欲。

程逸有些不好意思,说:"对不起啊,你别走了,我醒了,不打了。"

我看了看手机,确实这个点儿也叫不到车,于是我又脱掉了鞋子、衣服、裤子、袜子，钻进了被窝，刚准备入睡，程逸那边又响起了呼噜。

那声音有时像女子在跑调地唱歌，有时像男人在玩儿命地吼叫，有时像小溪的流水声，有时又像滚滚天雷，把我的世界劈成了两半。

我拿起手机，揉了揉蒙眬的双眼，既然睡不着，就玩会儿微信吧。

我看见洋洋发了条朋友圈，上面写着："记得谁说过，只要那个人疼你、保护你就足够了。而你，是那个疼我、保护我的人吗？"文字下面是这个农家院的配图。

我知道这是写给我看的。

于是，我本能地点了个赞。

我继续滑着屏幕，无聊地期待着黑夜快些过去，希望着黎明早点儿到来。程逸的呼噜声依旧响亮，与远处的蟋蟀声、知了声叠在一起，像是音乐，也像是噪声。

我继续等着，等着清晨第一缕阳光出现，等着酒精散去，等着清醒到来，等待旧的生活过去，等待新的一天到来。

但我等到的，只有一条微信，这条微信简单、平静，上面只有几个字："我们分手吧。"

我知道，玛丽屏蔽了我，但一直在关注并观察着我。

就连我给谁点赞，她都一清二楚。

我从床上坐了起来，靠在床头，翻阅着手机里和她的聊天记录，翻着翻着，我的心忽然有些痛。

又要分别了，又要说再见了，生命就是由一个个"再见"和一个个"你好"组成的。

我把手机放在床上，脑子里都是曾经和她在一起的时光，正在热泪即将涌出时，我收到了洋洋给我发的"早安"。

在黑夜即将过去、黎明就要到来之时，我发了两条信息：

一条是给洋洋发的"早安"。

一条是给玛丽发的，这条信息里，只有一个字："嗯。"

我发完那个字后，天亮了。

6.

小的时候我的母亲就告诉我，离别是人生的主题，孤独是生命的所有。

她信佛后，天天读佛经。佛经里说：人生有三苦，怨憎会，求不得，爱别离。憎恶的人总会相见，所求之事总不能得，相爱之人常常别离。

母亲说,她最能理解最后一条,她讲这番话时,脸上没有太多表情,像是父亲的离开早就注定了一样。

曾经有很长的一段时间,我都很痛恨父亲,因为他的离开,我们不得不频繁搬家,而我不得不和那个时候的朋友们说再见。

每当分别的时候,母亲那句话就在脑海中回荡着,一开始我还嗷嗷大哭,后来就明白了,"爱别离"如果是常态,相聚就意味着分离。其实,相聚没有意义,分离才是主题。

许多人存在的意义,就是为了说一声"再见"。

他们离婚后,每次见到父亲,我都很高兴。但我从来都是高兴不到一秒,然后又把情绪拉回到稳定的样子,淡然地挥挥手,因为我知道,很快他又要走了。

那些相聚的兴奋,往往是徒劳,长大了才懂得,分离和孤独是人生的常态。

我不记得我懂事之后谈过多少恋爱,做我们这一行,见过的漂亮女孩很多。每个漂亮女孩都喜欢把自己的最美时刻记录在相机里,而我们就是那群负责记录的人,就像许多夫妻也都希望把婚礼最美的样子留在相机中,但却忘了,人是会变的。

时光是把雕刻刀,把每个人都刻画成意想不到的模样。

奇哥曾经批评我,说我不会拍人物关系。我想,这是我童年的阴影吧。我拍单人时,总能拍得特别好看,一旦涉及构图中的人物关系,我就会瞬间麻木,不知所措,创造力也消失得无影无踪。

但我正在改,我知道,所谓成熟就是慢慢懂得了人际关系的复杂,所谓长大就是渐渐和熟悉的人割裂开。

玛丽跟我分手后,我并不难受,我才没时间难受。

因为当天,洋洋就搬到了北京。

准确来说,搬到了我的家。

她刚到我家,就把我的房间打扫了个底朝天,害得我半天找不到我的钱包和钥匙。

她还笑嘻嘻地跟我说:"以后,我来养你。"

她真是电影看多了。

她像个小孩,住在我家后,整天跟我玩儿过家家。每次我回到家,她就给我做上一桌饭菜,有时候还倒上两杯酒,一边喝酒一边跟我聊今天的工作,聊见到了谁,聊未来的憧憬,聊这座城市,聊我和她的过去。

说实话,一开始我是吓着了,我妈妈都没这么对过我,自从来了北京,从来没有这种过家家的感觉。

其实北京这座城市经常给人冷漠的感觉,你忙碌了一天,回到家冰锅冷灶，谁也受不了。但有了她，就温暖了很多，早上睁开眼看到自己不是一个人，也多了不少美好。

我们先过了一段翻云覆雨的日子，热情散退之后，又过了一段老夫老妻的生活，日子从激情转为平淡。

我不愿意用"日子"两个字来形容我的生活，日子在我眼中就跟月子一样恐怖。

我有些记不清一家三口在一起过日子的样子了，说不上来是开心还是不开心，但就记得那个时候，我的脸上都是笑，爸妈抢着把好吃的菜往我碗里夹，我可以挑所有我喜欢的菜，不吃我不爱吃的菜。

可随着记忆的延续，我逐渐有些忘记一家三口的时光，只记得母亲不停地抱怨和在饭桌上跟我讲的那些话。再之后，我开始饥一顿饱一顿，父亲一个月给我丢一笔钱，让我在外面自己解决生活。

日子？不存在的。

从我懂事以来，就没有过。在我的世界里，一个人才叫日子，一群人只是集体的孤独。

后来我跟很多女孩子谈过恋爱，才知道，谁不是这么长大的呢？谁的成长还不是场"凶杀案"啊？谁不是一直孤独地成长啊？

所以我们拼命寻找另一半，想要重塑我们的生活，当然，也是不存在的。

自己都不完整，想通过对方来完成一个完整的自己，殊不知，对方也是这么想的。

让自己变得完整这件事，到头来还是只能靠自己。我是还没有完整自己的，所以，我从不奢求有什么日子，不奢求找其他人完整我，更不想去完整别人。

女人们可以说男人渣，但谁又关心过一个男人在成长时的无奈呢？

我记得奇哥讲过一个故事，说"二战"时的美军飞行员是最乱的一批人，去哪儿都要有一夜情，那是因为他们谁也不知道自己还能不能见到明天的太阳。

当时我一听就感动了，这不就是我吗？

说实话，我一点儿都不在意明天有没有太阳，我在意的是今天我过得是不是后悔了。所以，我没有日子，我只有白天和黑夜。

别跟我提日子，我不想跟任何人过所谓的日子。

于是，我们过着过着就出问题了。

当男女之间热情退去，就只剩下柴米油盐了，我最先忍不了这样的生活。

一个月后,我逐渐发现她不像以前那么好看了,她的毛病在我眼中逐渐被放大,比如早上睡懒觉,东西乱收乱扔,喜欢乱花钱,衣服多到衣柜都塞不进去,竟然还说自己总是差一套明天穿的。

好在,爸爸教给我太多这样防身的办法,这一招,我屡试不爽——不回家。

好在,我在外面朋友多,每天晚上总能有事儿,就算没事儿,我也能找点事儿,有事儿,我更能晚点儿回家甚至不回家。

在外面久了,看着外面这些姑娘,我心里又痒了起来,又恢复了青春。

我发誓,我跟她们肯定没关系,可爱美之心谁都有啊,虽然洋洋也很漂亮,但再漂亮的姑娘也会有让人看腻的时候。

当然,这也是我爸爸告诉我的。

我看过妈妈年轻时候的照片,也很好看。我也见过爸爸后面那几个女朋友,说实话也很不错,那是不一样的美。唉,男人嘛,都是基因驱使的动物。虽然奇哥说过,高手都是反基因的,可我不是高手啊。我就是一个普通人,喜欢长得好看的姑娘,怎么了?

我们这样的生活终于出现了问题。

那天,洋洋借着自己来"大姨妈",跟我发了脾气,抱怨我每天回家太晚,完全没有尽到男朋友的责任。

我吓得赶紧到厨房给她热了一杯红糖水，恭敬地递了过去。我当然知道女人在"大姨妈"的时候说什么都是对的，准确来说，女人在什么时候说得都对。这个不能反驳。

所以在那天，洋洋问我："你晚上能不能带着我一起去工作？"

我吓得不知道怎么回答。

她继续说："喝酒我也会啊！"还说："我想多了解你一些。"

看我不回答，她又自言自语道："我知道，你就是不爱我。"

我还能说什么。

于是，我答应了她。

她问我："什么时候？"

刚好几天之后，是奇哥的局。奇哥的局都是素局，一群爷们儿喝酒聊天，他最多带着嫂子。于是我跟她说，下次的局，就带你去。

她扑进我的怀抱，开心得像个孩子。

不知怎么了，我总觉得爱情和生活隔着十万八千里。

她扑在我身上的刹那，我很确定，我对她已经没有了刚开始的感觉。

这种感觉很奇妙，我没有办法用语言表达，但我一直在不同的姑娘身上有着相同的感觉，但又在相同的时间里消逝了。

我承认我喜欢的可能是新鲜感，那是不是爱情，我不知道。可什么是爱情，谁来定义呢？

如果有机会，我真的很想问问我的父亲，你找了这么多姑娘，总有一个是爱吧，那么哪一个才是爱呢？

几天后，一位导演请我和奇哥吃饭。当天我给奇哥发了条信息：我能带女朋友去吗？

奇哥回我："哪个女朋友？"

我赶紧回他：那个洋洋，你见过，农家院里，郑直的生日。千万别说岔啊！

奇哥好像有些生气，但他的回复依旧礼貌："弟，你要是不确定，就不要乱带给我们认识。"又回："我这儿已经好几个你的前女友了，你删了可以，但我删不删？现在还有好几个给我点赞，我的微信里已经快成为你的后花园了！"

我忽然觉得挺不好意思，是啊，再这样下去，奇哥是不是要编号了，我回：哥，帮个忙，最后一次，求你了。

过了很久，奇哥回了我一条语音："晓睿，我希望你的生活自己处理好，下次谈够半年再往圈子里带！"

我像个孙子一样，回着，好的好的。

这些年我们几个都很怕奇哥，不是因为他凶神恶煞，而是因为他永远点出我们内心深处最不愿见光的那一面。

我总想通过隐瞒、更换让这些尴尬不存在，但奇哥总是用直白的语言把这件事放在明面上。

他总可以把很多事情说得很清楚、想得很明白，然后毫不留情地给我们点出来，重要的是，这个人还没什么缺点，不好女色，跟他吃饭，就真的是吃饭；跟他喝酒，就是除了喝酒什么也不做。

上次我跟奇哥说，你吃饭永远只是吃饭啊？

奇哥怼我："说吃饭不吃饭，说喝酒不喝酒，想干吗？"

我也不甘示弱，那洗头房也不仅仅洗头啊！按摩房也不仅仅在按摩啊！

奇哥看着我，很认真地说："所以，弟，你永远不会幸福，因为你从来学不会专注。"

好一大碗鸡汤啊。

那天晚上，导演给每个人都点了份鸡汤。洋洋穿了一身很正式的衣服，还穿了一条我从来没见过的长裤，她说："既然是谈事情，就要正式点儿。"

这个天真的姑娘。

导演是奇哥的师弟，听上去有部戏想请奇哥配音，而我和洋洋，也不知道为什么要来到这儿——我经常不知道为什么要去赴一个局，这次，更不知道为什么带着洋洋就来了。

不管了，吃吧。

师弟一直讲着自己的戏有多好，自己多么努力。那碗鸡汤真好喝。

奇哥和他谈着话，洋洋在认真听着。我看着鸡腿被炖成了金黄色，一层油漂浮在汤上，我用勺子把油荡在锅的一旁，几颗红枣和枸杞不听话地浮了起来；那盘蹄花真美味，油把猪皮炸得脆红，猪肉的香味跟蒜香和辣椒糅合在一起，直击人的味蕾；那小龙虾的味道令人着迷，每一只都安静地躺在盘子里，红色的壳跟辣椒油融在了一起，让人垂涎欲滴，欲罢不能……

我疯狂地往嘴里塞着吃的，以为这样可以逃避复杂的人物关系，我根本没有听见导演说的是什么，他说得很激动，我吃得很入神。

他一边说，一边频频举杯，很快，他的脸上就露出了红晕。

奇哥一直没说话，只是微笑着，思考着。于是，导演就不停地说着，情深处，导演站了起来，倒上了满满的一杯酒，把酒杯举得老高。我抬起头，从酒里看到头顶上的灯，竟折射出彩虹的颜色。

导演说："我是真心希望奇哥您来配音，这是个好项目，也是我毕生的心血。这一杯我敬您。"又看了我一眼:"晓睿哥,也敬您。"

我赶紧端起杯子,站了起来,说,不敢当不敢当。

他似乎觉得什么不对劲儿,少了谁,对一旁的宇甜姐说:"大嫂,对不起啊,这一杯差点儿把您忘了。"又看着洋洋,说:"还有您,二嫂。敬你们。"

说完,他干了满满一杯。

我用余光看了眼洋洋,她的脸上写着若隐若现的尴尬,"二嫂"两个字,像是发芽一样,在心里长出了仙人掌。

7.

我是从16岁时开始喝酒的。我一直说酒是个好东西,是真的。

因为喝多之后,可以用"昨天喝多了"把所有事情强行画上一个句号。虽然彼此都知道,大家都记得,酒不过是壮了胆,并不能把白变成黑,但有了酒,讲的所有话、做的所有事,都可以当作不算话。

可怕的是,当所有人都喝大了,只有一个人保持清醒,把每一句醉话当成实话时,不算话的话也就变成了真话。

那天晚上，我们都喝多了，洋洋送我回家。我很快进入了梦乡，但很快又被她的辗转反侧吵醒。酒精的力量让我再一次进入刚刚那个梦，她一个翻身，我又醒了。那一晚，我就这么昏昏沉沉、睡睡醒醒，直到早上，我被她的哭声彻底拉回到现实。

我努力睁开双眼，看到了正在哭泣的她。不用说，我也知道怎么了，她那么热情激烈，又那么脆弱敏感，昨天那句"二嫂"一定触碰到了某根神经。

我没说话，只是起了床，走进厨房，把冰箱里的面包抽出两片扔进烤箱。我把火打着，把油烧热，往锅里打了一个鸡蛋，鸡蛋在油锅里噼啪作响。

我做好了一个人的早餐，才忽然想起，是不是也应该问问她吃不吃饭，哪怕是普通朋友住在家里，也应该出于礼貌问一问。

我走进卧室，她依旧在哭，像个孩子在床上抽泣，我问她，你要吃早饭吗？

她抽泣了一下，用手擦了把鼻子，说："嗯。"

我有些惊讶，但还是走进厨房，把刚才的动作不情愿地重复了一遍。

我端着两盘早餐，走进卧室，她的脸上露出了笑容。

我故意问她，为什么哭啊？

她说她做梦梦到我离开她了，不理她了。我摸摸她的头，找不到一句可以说出口的话。

她吃着我做的早饭，我却在一旁胡思乱想着，如果她成了我的太太，我的生活会是怎样的。

想到这里，我有些不敢继续，想起来都有些害怕。

我明白洋洋纠结的地方在哪儿。因为一个二嫂的玩笑，我们擦出了爱的火花，她从二嫂变成了大嫂，但总还有二嫂，总还有下一个洋洋，总还有她的替代品，所以她焦虑，所以她忌讳别人说她是二嫂。如果做个不恰当的比方，就是小三被扶正后，永远都会害怕，有另一个小三。

我想起父亲的二婚妻子。她和父亲结婚后的第二天，就把父亲的银行卡收走，每天回到家都要里三层、外三层地检查，结果不到一年，两个人就离婚了。可是，父亲之所以跟她结婚，就是因为她跟我母亲不一样，她给他自由，但结了婚后，一切又恢复了以前的样子。父亲第三次结婚的那个女人，我记忆犹新，因为她真的从来不管父亲，她对父亲说："你爱多晚回来就多晚回来，想几点出门就几点出门。"父亲反而受不了，被她拿得死死的。

后来，两个人硬是在一起好多年。

洋洋吃完早餐，满足地擦了擦嘴巴，盘子里的鸡蛋黄都被她舔干净了，她说这是第一次吃到我做的饭。

说完，她笑眯眯地拿着盘子走进了厨房。

我听到了她打开水龙头的声音，我听到了盘子碰撞的声音，我想起了小时候爸妈都在的日子，他们总是在抱怨着谁应该洗碗，谁应该做家务，然后就这样吵吵闹闹、碰碰撞撞，直到我度过了青春期，直到父亲离开了家。

不知道从什么时候开始，两个人连话都不说了，我开始怀念他们的斗嘴和吵架。可惜，家里只有默默洗碗的声音，不管是谁洗碗，都会在洗完后，"砰"的一声，把门重重地关上，留下一片死寂，让我噤若寒蝉。

这样的日子又持续了一段时间，直到家里连洗碗的声音都没了，只留下空荡荡的房间和母亲的唉声叹气。

他们离婚那天，我开始明白什么叫孤独。孤独就是你不需要依赖任何人，因为到头来，影子也会离开你；孤独，就是抬头时你看见千万颗星星，却没有一颗属于你。

我不敢想象和洋洋结婚的日子，那日子太恐怖，于是，我冲出了家门，到了一家咖啡厅。我点了美式咖啡，没加糖没加奶，连续喝了两杯，我品尝着咖啡的苦，一口口咽下，像回到了童年，像到了远方，像到达了昨天。

不知道什么时候开始，我坚定了不要结婚的想法，但可以肯定的是，父母对我的影响很大。

如果在一起就注定要分开，那何必在一起呢？

所以，我本能地害怕一个冲着跟我结婚去的姑娘废寝忘食地爱我，大家都是玩一玩，何必当真。

我在咖啡厅里一直胡思乱想着，直到太阳爬到了头顶，直到太阳下山，我等着今天有没有哪个哥们儿或者姐们儿叫我出去玩儿或者喝酒，有没有哪个寂寞的灵魂又需要我来挽救。我一直等，直到月亮到了头顶，咖啡厅关了门，我终于决定，还是回家吧。

我到了楼下，抬头看了看自己的家，心想，洋洋这小姑娘，怎么也不开灯。

我想起高中时候，每天回到家，也要抬头先看看家里是不是有光，如果有，就冲上去吃一碗妈妈做的面；如果没有，扭头就跟朋友在外面胡吃海塞。

我硬着头皮走上了楼，家里没有光，我开了门，打开了灯，竟也没有人。我喊了几句，没人回应。我给洋洋发了条信息，问她在哪儿。她说："我在外面跟同学玩儿。"

简单的一句，没有情绪，就像此时的我一样。

我知道她的计划是希望我抓狂，希望我绝望，希望我明白她也有自己的魅力和圈子，希望我能更加珍惜她，但我只回了一句话：你晚上几点回来？

我说这话真的没有别的意思，是我胡思乱想一天，有些困了，如果洋洋不回来，我就早点儿锁门睡觉了。

洋洋显然喝大了，她用语音回我："你真的觉得我这么重要吗？你觉得……我不回家对你有影响吗？"

我回了个"嗯"字，就躺进了被窝。

那天晚上，她喝得醉醺醺地敲门，送她回来的是一个跟她差不多大的男生，见到我第一句话就是："哥，我和她没什么，她喝多了。"

现在的孩子，真尿，喝这么大还不送到自己家？

我扶着洋洋，她早就没了意识，嘴巴里絮絮叨叨着什么，我一听，是一组数字，我刚把耳朵蹭过去仔细听，她忽然吐了。

吐了我一身，把我恶心坏了。

我刚准备去洗洗，忽然想到，如果我洗干净了再帮她洗，那我不是白洗了吗？我走到她身边，一把拉起她，她还在小声哼着什么。我一把将她抱了起来，听到了她嘴巴里的那串数字，忽然惊呆了。那串数字，是我的电话号码。

8.

每个人都有青春年少的时光，都有无知的时光，我是在高中的时候，第一次记住了一个姑娘的电话。

那是我的初恋，一个少年的情窦初开，谁也别鄙视。在洋洋身上，我看到了自己的青春。

她是学校的学生会主席，叱咤风云、气势磅礴，当年谁不穿校服、不剪头发，都是她站在校门口负责抓住。但只要她认识的人，都睁一只眼闭一只眼地放走。

我就是在这种崇拜中，疯狂地喜欢上了她。

那年，她刚买了部手机，她把她的电话写在了我的语文书的封面上，而我还没有任何通信工具，只有每天回到家，用座机对着号码拨通她的电话。

后来，她变了。她总是嫌弃我学习不好、表现不行，只要在一起，就对我意见很大。

爱情是有魔力的，为了她，我每天都上自习，把不会的题目一遍遍地重复着做，在老师办公室一待就是几个小时。后来，在我的努力下，她终于，跟学长在一起了。

别看我一天到晚什么都不在乎，当年我是很失落的，哭了好几天。因为那时我为她买了第一部手机，里面存的第一个号就是她的，和她分手后，我把她的手机号删除了，但也不知道该给谁打电话。

有些事，不是点击删除就能忘记；有些人，不是删了电话就不存在。

过了几天，我听说她被学长甩了，忽然觉得机会又来了，我翻开了语文书，找到了那个电话，问她还好吗。

就这样，我们又聊了好几个晚上，特别高兴。有一天，我在回家的路上，看到了她挽着另一个男生的胳膊，我差点儿从自行车上摔下来。天哪，她怎么能这么快找到男朋友呢，怎么能不跟我说呢，找男朋友了，怎么还能每天晚上跟我聊那么久呢？

我再次删掉了她的电话，这一回，我连语文书的封面也撕了，但我惊奇地发现，这个号码，我已经背下来了。

过了许久，我明白了什么叫备胎。

我把这个号码当成了我的 QQ 密码，提醒着我永远不要忘记江湖险恶、世间无情、人心叵测、我本邪恶。

有时候我挺羡慕洋洋，还愿意把喜欢放在嘴边。对于我们这个年纪的人，只会问合不合适，从不问喜不喜欢。小孩子才纠结爱或喜欢,大人只说门当户对。

那天我把她放进房间,自己睡在了沙发上,这回,换我辗转反侧、彻夜难眠了。

我想起很多过去的事情,想起那段能记下别人电话号码的时光。

我的第二个女朋友是在大学认识的,每天我都蹲在她楼下,给她送早餐,发起疯来,我还在她的宿舍楼下弹吉他唱歌。

我也有不懂事的时候,为了她,我一个月能饿上好几顿,这样能省出几张电影票,只为在电影院能碰一下她的小手。

后来,我们聊到了结婚,我说毕业后我们都留在北京吧。她特别感动,毕业后留在北京,嫁给了一个比自己大二十五岁的大叔。

一开始我见到这位大叔时,一直以为那是她爸爸,直到我在宿舍楼下看到她和她爸爸接吻,哦不,和她老公接吻。

这种感觉令我难忘,有点儿像你把喜欢的转笔刀握在手上,你爸爸走过来说"我也喜欢",然后你眼巴巴地看着他把你的东西抢走了。

好像就是从这个女生开始,我彻底放开了,谈过的恋爱数不清楚,不太能记清楚跟谁在一起过,更不太能记得发生什么了。我只知道女孩子跟女孩子不同,但并没有什么难忘的。

就算是玛丽，随着时间流逝，我也只能记得住她的名字和一些简单的事情。我知道一定有一天，我连她的名字也会忘掉。

我翻腾着，直到天亮，我分不清自己是睡着了还是没睡着，我只是觉得，等洋洋起来，我想跟她说"你赶紧搬走吧，我从来没喜欢过你"这类话。可这些话是实话吗？我真的没喜欢过她吗？我怎么也沦落到说"喜欢"了？

洋洋起床时的样子很难看，她走出卧室，走到了我面前，穿着我的衣服，显得尤其不合身。她摸摸脑袋，对我说："不好意思啊，昨天喝大了，你怎么睡沙发了？是不是我影响到你了？"

我说，没关系。

她说："对不起啊，昨天就是心情不太好，我给你做早饭。"

说着，她就跑向厨房。

我叫住她，说，我有话跟你说。

她立在那里，颤抖着身体，好像等待着一场暴风雨的来临。

我说，不用做早饭，我叫了外卖。她转身走过来，坐在了沙发上。

我还是没办法讲出那句话，尤其是当着她的面，尤其是当她用水汪汪的大眼睛看着我时。她问我，今天晚上有什么安排。

我说，可能有点儿事吧。

她问她能去吗。

我说不太方便。

她点了点头,说:"你能帮我倒杯水吗?"

我说,好。

我走进厨房,给她倒了一杯水。

她拿着水,并不喝,吧嗒吧嗒掉着眼泪,她说:"我刚来的时候,你都会记得,这一天是我的月经期。你会给我倒红糖水,你会给我倒热水……"

我想起了我的母亲第一次让我帮她倒杯红糖水的样子,她缩在床上,疼得直抽抽。我递过一杯红糖水,她一边喝一边骂我,说:"龟儿子,红糖水要热的,你给我拿冷水冲,你他妈是想死还是想让你妈死。"我说,我他妈想死和我妈死不都是你死吗?说那么难听干吗。说完,我就走出了家门。但那天我也学会了,特殊日子,要给女孩子倒红糖水,要热的。

我用这一招勾搭了好多女孩子,但永远都只是在热恋期,当感情趋于平淡,开始了所谓的日子,我统统会忘得一干二净,你爱喝什么喝什么,跟我有什么关系。

我对洋洋说别哭了,晚上我带你去喝酒好吗?喝红酒,也是红色的。

我不知道我是怎么有勇气说出这句话的,也不知道这句话的科学依据是什么,我只知道洋洋笑了,走进房间,换了身衣服,自己出了门。

那天天黑得很快,我们"四大金刚"在一起喝酒,我们聊下周的婚礼上客户要求我们怎么拍,忽然电话响了,一个男生在电话里惊慌失措地说:"请问……请问,请问你是晓睿吗?"

我说,我是。说完,我喝了一大口啤酒,等着他接下来的话。

"你能过来一下吗?洋洋出事了……出事了。"

我咽了那口酒,说,在哪儿?

那天晚上,我在路旁看到满脸血的洋洋,身边好几个跟她差不多的男生女生,拿着纸巾帮她擦身上的血。我气不打一处来,大声呼喊着,你们干什么了?

然后一把将她扛了过来,送往医院。

洋洋的嘴巴缝了四针,两颗门牙全部掉了,鼻子也被掉了的牙齿硌出血,好在骨头没事。

男生告诉我,她心情郁闷,喝了好多酒,喝完之后,跟一个男生说:"我是不是很丑?"

大家说怎么可能。

"那我是不是很胖?"

大家说:"是的,你就是很胖。"

于是她要求大家背她,没有人愿意,她就往别人身上跳,后来那个男生也喝多了,背着她下楼梯。男生腿一软,跪倒在地,双手惯性一甩,活生生把她甩了出去,她脸着地从楼梯上滑了出去,不,是飞了出去。

我送她去医院时,她满脸羞愧,我在门口等她缝完针,二话没说,交了费,带她回了家。

在路上,我看着头上的星星,忽然想起妈妈说的"爱别离"。

其实爱往往难别离,不爱才容易别离。回到家,我打开灯,问她,你酒醒了吗?

她说:"醒了。"

接着是很长时间的沉默,我不知道该怎么跟她说下一句话,但下一句话一定是很严肃,或者是很有冲击力的语言。

我是应该跟她说分手,还是应该跟她说你从我家搬走。回想跟她一起的半年里,我甚至没有说过任何一句"我爱你、喜欢你、做我女朋友"这样的话。唉,其实自从我懂事以来,我就不再说这样的话了。不过不说怎么了,不是代表不想,说了也不代表是真话。

但现在,我应该怎么结束这场闹剧?

我看着她少了门牙的那张脸,那句话在嘴边,就是说不出口。

还是她比我胆子大,打破了僵局:"大叔,我想好了……明天,我就回家。"

我看了眼表,说,今天吧,已经过了十二点。

说完,我走出房间,她叫住我,说:"今天我睡沙发,你睡里面,可以吗?"又说:"自从我来到你家,每次闹矛盾都是你睡沙发。对不起啊,今天我睡沙发。醒了我就走。"

说完,她抱着枕头走向了沙发。

临走时,她帮我关上了门,微笑着说:"大叔,晚安。明天早上,我给你做一顿最后的早饭。"

我生怕她哭出来,更怕自己绷不住,我点点头说,好的,晚安。

那一晚,我估计我俩都失眠了。

我是到了早上,才隐隐约约感到困意,进入了梦乡。

直到太阳出来,我才艰难地爬起了床。我走出卧室,桌上放着她做好的一份早餐,还有一封信,上面写着:

大叔,我走了,不回来了。

你照顾好自己,这段时间,打扰了。

我知道我们不合适,但你还是在努力担待我的小任性,谢谢你。

我也知道，来北京跟你在一起的时光，是我青春里最疯狂的事情，再次谢谢你，陪我度过这最美好的一段时间。

我回家找工作了，你一定要少喝酒，少熬夜。

请原谅我的不辞而别，如果可以，我们还是朋友，好吗？有机会，还是要一起吃吃喝喝哦。

另外，玛丽姐一直很爱你，她好像拉黑了你，却经常跟我联系。她比我更适合你。

希望你们都好好的，等着吃你们的喜酒哦。

洋洋

我认真读完了每个字，放下信，走进厨房。我把冰箱里的面包抽出两片扔进烤箱，又把火打着，等油烧热，我往锅里打了一个鸡蛋，鸡蛋在油锅里噼啪作响。

我看见那个鸡蛋，在火光中舞蹈。

9.

如果不是万不得已，我不会主动找奇哥。

他是良药，但是苦口；他是忠言，但是逆耳。

洋洋走后的那几天，我没有流过一滴泪，但我的日子变得索然无味。天哪，我竟然又开始说"日子"了。

我像以前一样，删除了洋洋所有的联系方式，拉黑了她的微信、电话，以为这样就能断绝我和她的所有联系。但这回，我错了，那种对她的想念占满了我的大脑，冲击着我的心脏。

我也曾经想过给玛丽打电话，但一个声音告诉我，一切都结束了，你回不去的。这些情感的破碎把我撕成一条条的裂缝，我的灵魂从裂缝里被碾得四分五裂，我看不到完整的自己，只有那片脆弱陪伴我度过日日夜夜。

奇哥来见我的那个下午，我黑着眼眶，头已经三天没洗，他点了一壶普洱茶，把满满的一杯茶倒入我的杯子里。

他总是这样，找人谈话时，爱喝各种各样的茶。

我闻到了茶的清香，这清香让我想起了十多年前的一个下午，爸爸教我品茶的时候，一边喝茶，一边对我说："娶了你妈妈，是我这辈子做的最骄傲的事情。因为有了你，我觉得这茶更香了。"

那天奇哥问我："你有没有想过，自己有一天会有一个家？"

我还没来得及摇头，他又说："这个家温暖、温馨，跟你父母那个不一样。这个家是一辈子的，不会有人离开。"

我没有回答他。

他继续问:"你想一辈子活在你父母的阴影里吗?"

他永远知道,他就是知道,我最痛的点在哪儿,但他也会永远毫不同情地揭开我的伤疤。

我遮掩着说,我们能不聊我父母吗?我在聊我现在的状态。

奇哥直直地盯着我的眼睛,坚定地说:"你别再逃避了,你想一辈子都这样吗?"

我摇着头,说,这是不可能的,我要能走出来,早就走出来了。哥,请你不要跟我谈我父亲,谁也不能跟我谈他,我没有办法面对他。

奇哥拉住了我的手,我看不清他的脸,我感觉一股暖流从眼睛里流到了脸颊上,我感觉到他手上的温度在我的手里流淌:"弟弟,你父亲在天堂里,一定希望你幸福,他不希望你活成他的模样,他希望你能找到真爱,希望你能够有个家庭,希望你过正常人的生活。"

我努力擦干眼泪,抬起头,看着天,天上一片蔚蓝,天高云淡,我看着那遥远的宇宙,像看着我死去的父亲一样。

我记得有段日子,他的身体开始越来越差,我潜意识里觉得这是报应。

当他被确诊是艾滋病时,我越来越不愿意见他,我认为那就是报应——是抛弃我和妈妈的报应,是乱搞男女关系的报应。

直到他病重到没有办法讲话,我依旧不愿意见他。他家人说他最后的遗愿是想见我和我妈妈一面,说愧对我们,可是,他的这个愿望没有实现,我怎么能给他这个实现愿望的机会。

后来,在殡仪馆看到他的遗体时,我心里想,为什么你要变成这样一个人,为什么你要做这些事,从什么时候起我对你没有任何感情的?

我对他充满着仇恨,又充满着好奇。

后来我认识了爸爸的第三任妻子,她告诉我,爸爸是因为一次献血被染上的病毒。

妈的,他竟然是个英雄?而我,一直认为他是我的诅咒,是我的梦魇,我接受不了一个噩梦竟然是英雄。我更接受不了,他对我的阴影就是原生家庭对我的阴影,这些,一直都在我的头上萦绕。

于是从那天起,我决定,我要成为他。我要搞清楚他为什么离开妈妈,他为什么要离开我;我要弄明白,他这一生过得好不好,他拥有那么多女人到底开不开心;我要弄明白爱情是什么、婚姻是什么,我要弄明白他是怎么想的。

"我恨你，我恨你为什么离开我，我恨你为什么不让我有个完整的家，我恨你为什么在我跟别人打架、跟别人冲突、学校开家长会时你从来不在，为什么每次同学在背后说我是没爸爸的野孩子时我都无言以对。

"我恨你，所以，我成了你。

"可是，爸爸，你后悔离开妈妈吗？你在离开世界前想念过我吗？你喜欢我现在的样子吗？"

我把头埋在胸前，闭着眼，摇着头。

我想起那些年，自己一直将孤独提到嗓子眼儿，想要哭却害怕没有人安慰，活生生憋回去的感觉。我想起了那些有他没他的夏天，我看见那些蔚蓝的大海、湛蓝的天空，我看见那些鸟儿，海鸥、麻雀、老鹰、黄鹂在我的眼前飞翔，它们飞过黑暗，飞向光明。睁开双眼时，我看到了一片蓝色，那片蓝色，像是永恒那般。

奇哥把我的手握得更紧了，我感受到那股力量渗入了我的灵魂。

我没有哭，我就是没有，我要像父亲离开那天我告诉自己的那样：别哭，不准哭，不允许你哭。

马路上人来人往，大家都在焦急地赚钱，咖啡厅里的人聊着几个亿的项目，几个年轻人在谈着公司什么时候上市，几个女人说着什么阿玛尼的奢侈品。而我的眼前，一片蓝色，我的耳边，徘徊着爸爸对我说的一句话："你幸福就好。"

可是，我幸福吗？时间带走了所有，却唯独留下了你给我的记忆。你为什么这么残忍？为什么？

父亲的身影在我的脑海里立体起来，他的脸庞开始从我的回忆中解放出来。爸爸，我不幸福，不喜欢这样的感觉，我想你了。

忽然，我听到他和奇哥同时在说："我要是你，就给玛丽打电话。她在等你。"

我像是突然被什么触动了，从回忆中苏醒过来。

我看见奇哥的嘴巴在动，他说："玛丽是真的爱你，几乎每天都在问我关于你的事情。"他把手机递给我，我看到那个熟悉的头像每天的慰问，全是关于我的信息，一直到昨天，她还在问，我好些没有。

我想她也一定在某个夜晚给洋洋发过类似的信息，所以洋洋的信里才说玛丽更爱我。

"去找找她吧。"说完，奇哥把单买了，离开了。

我一直在茶馆里坐到夜幕降临，我看着天色逐渐黑透了，星星和月亮在头顶露出了脸。我又想起自己与玛丽的种种,想起那些年我们青春岁月里最美好的时光,想起那些在乡村的、城市的、年少的、成年的、拥抱的、分别的、近处的、远方的画面,在眼前像过电影一样,一幕幕地浮现,它们最终,占据了父亲在我脑海中的样子。

我终于决定,给玛丽打一通电话,虽然不知道她会不会原谅我,但至少,我做够所有能做的,不后悔。

10.

她会原谅我吗?

自从和她分手后,我就删除了她所有的联系方式。

那个晚上,我对着电话的拨号键发呆,胡乱地拨了几个键,电话通了。

电话接通,我没有过多地客套,我听见玛丽很淡然地说:"你终于记起来我的电话了?"

我说,我从没忘记过。

其实我早就记下了她的电话,这串数字,在我的潜意识里早已根深蒂固。

她说，她已经卖掉了北京的房子，回了老家。她说，自己还没有下一步生活的计划，想放松一段日子再计划。

她还说肯定不会回北京了，这是一座让她伤心的城市。

我说，没关系，如果是这样，我就去老家找你。

我买了当天晚上的飞机票，飞机起飞时，我从窗户看着飞机逐渐离地，我看到了天上的云彩，我看到了远方的山，我看到了我的未来，我看到了曾经的自己，我看到父亲在天上对我说："这才是我的儿子。"

一瞬间，我哭得像个孩子，来不及擦拭的眼泪一滴滴打在我的上衣和裤子上。

晚上十二点，飞机降落。玛丽在机场接我，她见我的第一句话说的是："你怎么还活着？"

她笑着，像是在迎接一个暂时开了个小差离开了一阵子的小孩子。

我一把抱住她，我说，为了你，我也要好好活着。

我笑着，像是在回答一个久违朋友的问题。

她说："我们结婚吧。"

我把她抱得很紧，嘴唇贴在她的脑袋上，说，好。

她的双手抚在我的背上，我感觉胸膛湿了一片。机场里人流涌动，门外灯光闪烁，我们紧紧相依。

11.

其实奇哥一直都知道，当我开始聊父亲的事情时，父亲给我的阴影就驱散了，而我的病也就好了。

人越害怕什么，就越回避什么，从而就更害怕什么，只有勇敢面对，世界才会更美。

我怎么也开始灌鸡汤了？

我是在那天早上起床后，决定给玛丽一个惊喜的。

我把昨天买的戒指藏在给她做的早饭里，用两片面包夹着它，想让她在吃早饭时咬到那颗钻石。为了买这颗钻石，我攒了一年的钱。

结果她吃饭的时候，却不按照套路出牌，把一片面包拿了起来，直接看到了那枚戒指。还说了句让我哭笑不得的话："这么贵的东西，你放在面包里干吗？"

我有点儿记不起她当时哭的样子了，因为在我跟她结婚前的那段日子，感觉她总是在哭。

但我记得我单膝跪地时跟她说的那句话：嫁给我后，我不准你再哭，你只可以笑。

结婚后，我们一起搬回了北京。在路上她一直说："我是因为一个人，拉黑一座城；又为了一个人，爱上一座城，而你就是那个人。城市越大，人越容易孤独；年纪越大，越容易感到孤单。好在，因为有你，我心温暖。"

我说，下次拉黑，请叫上我。

就这样，我们两个人一起成了北漂。我们在北京开了家摄影工作室，专门给别人拍婚纱照。

当然，我不可能像郑直一样，办个婚礼还用自己人，还不给钱，臭不要脸。

我压根儿不办婚礼。

我们领结婚证那天，平静得没有波澜，像往常的日子一样，简单平凡。

我终于敢说"日子"了。

那天，我们两个人牵着手，去了民政局，照了相，盖了章，拿了本，然后又牵着手走了出来。我们把结婚证放在客厅的柜子里就开始忙着做晚饭了，吃完饭，我们躺在沙发上，像往常一样，看了会儿电视，电视剧里不知道是群什么乱七八糟的人，说着一些驴唇不对马嘴的话。

看完，我们依旧像往常一样，洗洗睡了。

很奇怪，这过程中，我们竟然没有太多话，我们像程逸那家伙一样。

新婚的那天晚上，我没有做梦，或者说，做了梦也忘记了。只是起夜上厕所时，我忽然发现，玛丽不在我身旁。

我看到卧室的门开了，不知道发生了什么，于是我下了床，小心翼翼地走出卧室。

我看到我的妻子玛丽，从柜子里拿出结婚证，她一只手拿着一张证书，看着那两张纸，笑得合不拢嘴。那一刻，我觉得她像山茶花一样，纯净洁白。

那一刻，我的眼眶红了，两行眼泪流了下来。

我大声喊了出来，玛丽，我爱你。

几十年后，玛丽笑着跟我说，那一刻，她觉得无比温暖。我说，那一刻，我不再觉得孤独。

而奇哥，却从没提及过他的那段岁月。

第三章

化妆师　程逸

1.

每次我遇到挫折的时候，都是艾奇陪在我身边，他是神派给我的天使。

我这人不爱说话，但内心世界还是很丰富的，不信你可以问问我炽热的内心。

我之所以不爱说话，是因为说出来感觉矫情，还不敢把期望寄托于人，不敢向他人倾诉，我想没人能懂我心里的苦。

话说不出来，又咽不下去，只能在心里说给自己听。

但艾奇不一样，他懂我，也愿意温暖我。

我从不叫他艾奇哥，我们俩是发小。准确来说，我比他还大一个月，只是我娃娃脸、他老人头。其他人怕艾奇是因为他总是滔滔不绝，我不怕，因为他无论说什么，我都是左耳朵进、右耳朵出，我保持微笑，他说着说着觉得没意思，自己就不继续说了。

我记得小的时候，他就很敏感，尤其对语言，他能很快明白谁说的话背后是什么意思,这点我确实不行,我一听到别人说话就头晕。

跟艾奇一定要少说话,因为你一说话,他就能把你背后的意思都听出来,很尴尬。

你可以解释说"我没有这么想过",但还是别说了,越解释他说得越多。

他的语言天赋很占优势,高考后,他报考了播音主持专业,去了北京,而我去了外地一个三本学校学化妆。是的,一个男生,学了化妆,这还不是最悲催的,我的生活简直是拄着拐棍上煤堆——要么捣煤,要么倒霉,请听我慢慢道来。

高考结束后,我们分道扬镳,但他依旧会在深夜给我发信息,聊的大多数话题还是跟女生有关,跟我显摆和女朋友到了哪一步。

我之所以来北京,也是因为他告诉我,北京有很多漂亮的女孩子,还挺主动。

来了才知道,确实有很多漂亮姑娘,也很主动,但跟我也没啥关系,她们都主动找别人。

我一直不敢跟他说,他在我心目中,是那么优秀又独特。我怕他骄傲,更怕他习以为常。更何况我平时不说话,忽然夸他一句,他会不会一屁股坐在地上。

和他合作这么久,他从不出乱子,还经常能给人惊喜,所以那天他婚礼现场的卡壳简直令我震惊。

那之后,他又卡壳了很多次,每次遇到这种情况,总让我感觉他活在另外一个世界。

我想,他是不是被魔鬼附体了。

这个可能性很大。你看,那天不就忽然下雨了吗?当然,我这样有点儿迷信了。我要区分一下我的信仰和迷信的区别,了解后相信,叫信仰;不了解就相信,是迷信。

所以我知道,还有一种可能,就是他那天确实遇到了点儿什么,至于遇到了什么,我不知道。

他从不把自己的事情跟我讲,我也很少问。

每个人都有自己的秘密,都有难言之隐,很难开诚布公,有些话说了,就伤感情,不说,最多有遗憾。

就好比高中那年,他喜欢上一个女孩子,刚好那个女孩子也是我喜欢的。我努力掩饰着自己的感情,但这货就是聪明,还是被他看出来了。

当天,他就跟我说,他发誓,一定不会追那个女生。

我说,我不会介意。

他坚持说不会追,追了死全家。

果然，他没有追那个姑娘，但很快，那个姑娘开始追他。这世界，奇怪得让人哭笑不得。

姑娘追求了艾奇一周，艾奇死活就是不答应，跟姑娘说不能在一起，在一起要死全家。后来那姑娘一气之下，答应了我的同桌——一个天然呆的猥琐男的追求。

这件事情已经很尴尬了，我觉得还是不要说的好，因为有时候你不说、他不说，大家就忘了，完全没必要重提，留点儿遗憾挺好。

但艾奇显然不是这么认为的，他请我吃了顿烧烤，吃着吃着，他就开始说了，说着说着就直接骂了。他骂我是笨蛋，说那个姑娘很明显对我也是有些意思的。

我说，怎么可能？

他说："怎么不可能？她能喜欢你同桌，说明审美和脑子都有问题，这种情况下，她就不能喜欢你吗？"

我心里想：你这是什么意思，我怎么觉得你在骂我？

但我啥也没说，只是笑了笑。

他继续骂："你能不能用心听一下别人的话，用脑子思考一下女孩子的暗示，能不能主动一点儿？就知道笑，笑要有用，咱们为什么还要努力赚钱，努力追女生，整天对着人笑不就够了？"

我觉得很冤枉，不让我笑的话，我就只能是个笑话了，但我还是啥也没说,继续笑着。

他说:"行吧,你自己玩去吧。"

就这样,我们因为说话,差点儿闹僵。我还是那个意思,少说话,人们一说话就会产生误会,还是算了,别说了。

我也明白,不敢说是我最大的问题。

我并不是害怕,我是恐惧,是比害怕还要害怕。但我更害怕的,是我压根儿不知道说什么。

女孩子一讲话,每句话背后都有好几层意思,我怎么吃得透。

直到今天,我依旧不会在女生面前说话,但我发明了一招万能公式:微笑。

不管谁说什么,我不说话只微笑,总没错。

但这还是解决不了我的问题。上一段婚姻之所以终结,也是因为没话,前妻临走前就批评我只知道笑。婚姻失败后,我也觉得无所谓,上帝会有更好的安排,我不用太揪心,说实话,这些年生活把我磨得都不知道什么叫揪心了。

上一次让我揪心的时刻,还是高中时的那个暑假。那天我在去篮球场的路上,看到了喜欢的那个姑娘和我那猥琐男同桌手牵手地在球场边上走,一下子,我就觉得心里不好受。一开始以为是夏天太热,心浮气躁,后来回到家,我把空调开到最大,以为一切都会好起来，结果难受的感觉更严重了。

挺后悔当时没下手，有时候我也在想，如果这个姑娘跟艾奇在一起，我是不是会舒服很多？

答案是否定的，我会更难受。

那是我情窦初开的年华，一个问题浮现在脑海中，女孩子到底喜欢什么样的男生？不能理解。

我越不理解，就越不敢说话。

艾奇说女孩子喜欢爱说话的男孩子，这么看来，我这辈子可能都不会有机会了。

在高中的那个夏天，我第一次觉得自己失恋了。虽然到今天那个女生可能都不知道我曾经喜欢过她，但我就是失恋了，怎么着。

人一失恋，就容易胡思乱想，就容易静不下心，于是那几个学期，我的学习成绩一落千丈，最后考了个三本，去了山东读书。

毕业前，我们喝了顿酒，我心想，要多跟艾奇说几句：艾奇，我们在一起六年了——初中三年、高中三年，你一直很照顾我。这一别可能是四年，或许更长，我有一肚子的话想跟你说，一肚子的泪水想要发泄，许多憧憬想要表达。于是，我对他说，加油啊！

唉，我就是说不出来。

好在艾奇一直很了解我，他知道我不善言辞，他也从来不强迫我说话。分别那天，我们喝了顿大酒，艾奇搂着我说："北京的姑娘特别多，而且都很主动，这座城市特别适合你。"

他一边说一边搂着我流泪，我知道那是分别前最后的期待，我也知道，如果我毕业不去北京，大家的分别或许会变成永别。

但我嘴笨，我说不出来就只能喝，于是我干了手中的啤酒，在轻柔的风里，搂着他摇摆的身体，在城市的马路上绕着弯。我们扭扭捏捏地晃悠在路灯下，我看着远方一片雾蒙蒙，像是看着我们的未来。

离别前，他说了好多话，我只说了"加油"。说这话的时候，我没有微笑，但我觉得自己很舒服。

在那个夏天，我们暂时分别了。

我记得报到那天，接到了艾奇的电话，他特别兴奋地问我："你们班有几个女生？"

我说，还不知道，你们呢？

他心潮澎湃地说："我们班男女比例严重失调。我粗算了一下，大概是一比五，而且女孩子都特别漂亮。"

我问，有你喜欢的吗？

他说有，这个姑娘叫"刘宇甜"。

这是我第一次听他说这个名字，我说，你加油。

他说："好的，我一定会。"

谁也没想到，他们最后结了婚。

其实我很羡慕他，第一是羡慕他的班上男女比例这么悬殊，所谓一比五，恐怕就是大学四年至少可以换五个，如果一年一个，还有一年可以找两个女朋友，这是什么样的体验啊。第二是羡慕他竟然大学四年都没换女朋友，毕业后还结了婚，真好。

入学第一天接到他的电话后，我越来越期待自己的大学生活，于是第二天去班里报到时，我还特意洗了个头。

那是大学的第一天，我永生难忘。

我背着包，走在去教室的路上。教学楼两旁树木耸立，门口有书一样的雕像，雕像的一旁还有个足球，好像是在告诉我们，读书有个球用。我看见形形色色的男男女女，他们跟我一样，背着背囊，走向前方。

我走进了一间很旧的教室，同学们已经拿到了军训时的迷彩服。班上一共二十个同学，来自五湖四海，操着不同口音，辅导员化着淡妆走了进来，看上去很年轻。

我是最后一个进教室的，那一瞬间，我才发现，加上辅导员，二十一个人里，加上我只有三个男生。

我们的男女比例，更吓人：一比六。

我心想，这大学四年要给我爽死了，我要怎么分配这个名额呢？想到这儿，我的心怦怦地跳了起来。

辅导员先介绍了下自己，再让我们进行自我介绍。每个人都站了起来，介绍自己的籍贯、姓名。我目不转睛地盯着每个人，直到一个叫墨涵的女孩子起身，她浓眉大眼，长头发，笑起来像一个明星。从这一刻开始，我牢牢地记住了她。

其实，我更期待的是班上另外两位男生的自我介绍，因为我们将会成立一个伟大的阵营——失恋阵线联盟，在失恋中度过大学四年。

他们不停地用手把头发捋到耳朵后面，还竖着兰花指跟周围的女孩子们说说笑笑。

那天，他们在自我介绍的时候分别说了这么两句话：

"姐妹们好，我叫巧巧，我是个 gay 啦，但你们不要歧视 gay 哦。很高兴认识大家。"

"姐姐们好，叫我乔儿就好，我也是 gay 啦，认识你们很高兴，希望大家可以一起努力，爱你们哦。"

女生们尖叫着，鼓掌着，激动着，仿佛她们找到了同类，也仿佛她们对他们的生活了如指掌。

那一刻，我的后背都是发麻的，我的脑袋一片空白，发现自己跟这个环境格格不入。我不知道是应该高兴自己是唯一可以谈恋爱的男生，还是应该沮丧我和他们竟然不是一个世界的人。

在他们的欢呼声中，该我进行自我介绍了。

惊讶的是，我的介绍里有三个字，至今，也无法忘怀，这三个字是：

"我也是。"

我还记得所有人都在鼓掌，所有姑娘都在笑，我看见墨涵也冲着我尖叫鼓掌，我很开心，至少，她记住了我。

这世界，好像也热闹了起来。

2.

还记得，那年高考我们考了一个词，叫 peer pressure，中文翻译成"同龄人压力"，说通俗点儿叫"合群"。

这个词，伴随了我半辈子，可我进考场偏偏不认识。

我不讨厌这个词，因为人天生就是合群的动物，"合群"写在我们基因里，谁也不可能整天那样鹤立鸡群。更何况鹤虽然立在鸡群里不合群，但如果鹤遇到了鹤群，不还是合群的吗？

人也是，当我们还是原始人的时候，那些不合群、落单的人往往是最容易被野兽吃掉的，所以我们学会了群居，学会了合群。这是我们的天性，谁也躲不掉。

所以，这些年我学会了一个很重要的技能，当我看到别人都在干什么的时候，不容易出错的方式就是跟别人做同样的事情。我不喜欢像艾奇那样，那么与众不同，与众不同往往意味着更大的压力和更大的责任。何苦呢？跟别人一样就好。

何况，我一个人来到这座陌生的城市，人生地不熟，当然需要伙伴。

合群有错吗？

就这样，我们三个成了班上的一道风景线。

三个男生，一起吃饭，一起上厕所，一起逛街。这种事情，我到今天都无法相信。

我就这么度过了四年。

其实，他们的笑话糟透了，他们的聊天太无聊了，但我的脸上会永远挂着笑容。

我曾经问过他们会不会对我有意思，他们说，他们确定不喜欢我，我只会笑，谁都不会喜欢我的。他们这么一说，我也就放心了。

我也是在某一个夜晚才明白,合群是这辈子最难受的事情。因为合群,人必须放弃自我,适应别人的习惯,而坚持自我可能会孤独,但孤独中,能有更好的幸福。

我开始模仿他们的兰花指,模仿他们的笑声,甚至模仿他们的语态。我本来就不爱说话,这回好了,我连话都不说了,只剩下微笑。

我很羡慕艾奇有张能说会道的嘴,能表达出自己的喜怒哀乐,能告诉别人他喜欢的人叫刘宇甜。而我明明有喜欢的姑娘,却只能眼睁睁地看着她在这四年里和一个个外校、外系、外班的男生恋爱。最痛苦的是,我只能在她身边,帮她拿包,帮她占座,帮她答到,听她给我讲哪个男生又欺负了她,她又爱上了哪个男生,哪个男生又甩掉了她。

我恋她如甜蜜,她拿我当闺密。

直到今天,我已经可以承认,我没有上大学,我是被大学上了。

艾奇说过,现在有些大学不像大学,像收容站,收容你四年,让你别闹事,老老实实待着,但什么也学不到。我是过了好久,才意识到这句话是多么正确。

我的"好久",指的就是毕业那天。

毕业那天,我穿着学士服,照完相,才发现啥也没干,就毕业了。

大学四年的遗憾太多，而我已经没有时间了。

想到这儿，我哆哆嗦嗦地找到墨涵，她正和班里那俩哥们儿谈笑风生，见我来了，一把搂住我的胳膊，三步并作两步，找摄影师拍照。

摄影师一边拍，她一边对我说："程逸，我们永远是好闺密。"

她笑着，继续说："有时间去北京看你。"

我告诉她，我喜欢你。

她愣在那儿，瞠目结舌。

我继续说，我从大一刚进校，就喜欢上你了。

她说："这么巧，我也是。"

好吧，这都是我想象的，我什么也没说。我就在那里被她拉着拍了好多照片，摆了各种姿势，时间一分一秒地过去了，我的心一直在怦怦跳，脸上却只有微笑。

她拍了两张就要走，我鼓起勇气，问她能不能跟我去柳树下拍，她想都没想，说好。

柳树下人少，我好表白。

我虽然不知道为什么表白，都毕业了我们肯定不会在一起，但不管了，谁管那么多。我拉着她往柳树下走，夏天的阳光火热地照着我的心，我的心里沸腾着热血，心跳加速，呼吸急促。

眼看马上就要到柳树下了,我应该说点儿什么？应该怎么做？应该先迈哪只脚？马上就要到柳树下了,算了,我豁出去了。我一个箭步冲到她前面,转过头面对着她,我盯着她的眼睛,深吸了一口气,我的脸发热,心快跳出嘴巴了,我决定告诉她,我开口了：墨涵……我……我不是 gay,我喜欢女生。

墨涵笑了,说："没想到,你还是双性恋。"

说完,她撒开了手。

我猝不及防,赶忙说,我不是这个意思,我不是双性恋,不是的,我一直不是的,我只喜欢女生。

天哪,我在说什么,太丢人了。

我不记得我是怎么把话说完的,我只记得,我一说完,就跑了,留她一个人站在柳树下。

这句表白,我憋了四年才说出口,但放出来的,依旧是个哑炮。

3.

晓睿说我就是个孬种,我说不是的,我只是内向而已。

他教了我很多追女生的绝学,尤其是他结婚后,教了我更多。他说他一身绝学,要传授给我。

可我学来学去，还是不知道该怎么说话，微笑还是我的必备语言。行吧，我承认，我就是孬种。

但我想勇敢地做自己，于是毕业后，我决定去北京。

因为艾奇告诉我，如果你是个怪胎，一定要来北京。

我二话没说，就从柳树下转战到了北京。

到北京后，我更孤独了。他们说北京有两千万人，而我只能拥抱那两千万分之一的孤独。

我租了个单间，刚好够放下我的化妆工具和一张床。跟我合租的，要么是晚上才上班的女人，要么是白天穿着裤衩拖鞋去上班的男人。果然，北京怪人真多。

我经人介绍，去给剧组的演员化妆。起早摸黑，还要跟女演员互动，有了这段经历我才知道，这一行，装成 gay 的样子更讨人喜欢。

于是，我习惯了用嗓子眼儿喊话：姐，您这头发真好看，是天然的吗？哥，您这皮肤真好，怎么保养的？姐，您这衣服真漂亮，质感真好，配您的气质……

说完这些就站在一边，微笑着。

一收工，我就想吐。

为了那么点儿钱，谁也不容易。谁不是一边跪着，一边梗着脖子坚持。被迫微笑的感觉，太令人恶心。

这世界并没有因为我被迫微笑而轻饶我，给剧组化妆的收入很快就让我开始入不敷出、寅吃卯粮，关键时刻，又是艾奇帮了我。他把我带到了他们的团队做婚庆化妆师，他说这一行简单稳定，只要是婚礼旺季，几乎每个周末都有活儿，我算了算，挣的钱至少交房租是够了。

有了他的帮助，我租了个更大的单间，日子也舒服了些。

北京这座城市，找回自己不容易，节奏越快，越容易脱离内心；变化越大，越容易迷失自我。

在一场婚礼上，我认识了牧师台老师。我被那场婚礼感动了，台老师告诉我，在离我住的地方不远处有一个家庭教会，欢迎我去。

我问，谁都可以去吗？

台老师说："当然。"

我继续问，像我这样，什么也没有的人都可以去吗？

台老师笑了笑，说："上帝爱每个人。"

于是，我抱着试一试的态度进了教会，没想到的是，大家都对我很好，像一家人一样，嘘寒问暖，有时候还一起吃晚餐。于是，我开始频繁地去教会，看见他们虔诚的样子，我忽然觉得，自己又有自己的群体了。于是,在去了几次后,就跟几个兄弟姐妹熟悉了。

我正式成了基督教徒。成了基督徒后,我的生活也发生了些变化,心安的同时,我的运气也开始变好了。在一天晚上,我竟然接到了墨涵的电话,她告诉我:"我要去北京了,在一个剧组上班。"

我回,好啊。

她问我:"你有推荐的地方可以住吗?"

我说,有。

她又问:"我能住你家吗?"

我回她,好。

其实,那天晚上,我欣喜若狂、额手称庆,差点儿把牙齿笑到地上。

但我从镜子里看到的自己,脸上只有一丝微笑,还有一丝红晕。她来了,我的生活会变得不再那么孤独吗?

4.

从小到大,我身边的朋友都知道我是一个很无聊的家伙。

我的脸上除了微笑，往往没有太多表情，他们都说我是个机器人。艾奇对我说，我说的每句话他都能猜出后面是什么。

我问，是什么。

他说："你后面就没话，所以很容易猜得出来。"

我许久没见到墨涵了，还记得上大学的时候，她只要跟我在一起，都是她负责说，我就负责听着、笑着。

她到来的那个清晨，我特意去北京西站接回了拿着大包小包的她。

她看着我，一开始还有些陌生，但看到我的微笑，很快就熟悉起来了。她知道我不会说什么，就开始讲自己的事情，讲着讲着，我们又回归到了那种舒服的状态。

我们打了辆车，在车上，她讲述着自己在山东老家的事情，说着我们那些同学都在做什么，感叹着北京的高楼大厦，唯一不同的是，她没有再说自己的感情生活。

我们就这么一直聊着天，好吧，对不起，聊天是指两个人互相交谈，她就这么一直说着，车停到了我家楼下，她才想起来问我："对了，你最近怎么样啊？"

我说，工作呗。

她听我一个词一个词地往外冒，就不再问我什么了，又继续说着自己的生活。

我打开大门,她看了眼房子,感叹着:"你家好大。"

我指了指我住的单间说,那间才是。

又开了道门,她看了眼我住的单间,忍不住地说:"你家好小。"

我点了点头,说,我给你倒杯水。

她一边说着话,一边把箱子里的东西拿出来,放在我的单人床上。她一边滔滔不绝,一边把我的床单被褥拿到了沙发上,铺上了自己的床单和被褥,我就微笑着,总觉得有些事情不对。

她继续说着话,我继续笑着,我不记得她到底说了点儿啥,我只知道,她住在了我的家里,她睡在床上,我睡到了地上。

可是,那种感觉又回来了,我们仿佛回到了大学时期,像是闺密,像是朋友,就是不像情侣。我们聊天生活,吃饭睡觉,就是没上床。

我不知道这种关系是否正常,艾奇说了,这个城市里,都是怪人,或许她也变怪了而已,但至少,有了她在家,原来回家是自己开门,现在回家可以敲门了。

我不喜欢在地上睡觉,只要她不在家住的时候,我就偷偷爬到床上,闻着她的被单上女孩子的香味,用腿紧紧夹住她盖过的被子，然后浮想联翩。

有时我总感觉是自己寄人篱下，但在交房租的时候马上又意识到，别瞎想了，这个房间就是我的。

晓睿问我想过跟她表白吗？我说，也不是没想过，只不过我们太熟悉了，反而就不想了。

算了，我承认，我就是不敢，我就是孬种。

我不敢对她说"我爱你"，我甚至不敢说"我不敢"，我恨死自己了。

北京的冬天很冷，那个冬天，发生了两件有趣的事。第一件，我的父母认真地开始催婚了，他们给我介绍了一堆女孩子，对方几乎都没看上我，很有趣。

第二件更有趣，她跟我表白了。

那个夜晚，我睡在地上，感觉就像是七个人睡两头——颠三倒四，我不知为什么北京的供暖迟迟没有，我冷到睡不着，时不时地把腿缩起来，把手放在两腿之间，时不时又翻滚着身体，我更不知道这房间为什么冷得像个冰窖一样，风从皮肤钻到心房，从窗外荡进被窝。

我像是在做梦，又像是醒了过来。我梦见一道光，七彩的，我想起了过去的许多事情，想起她在大学时的叽叽喳喳，想起她时常搂着我的胳膊说着男朋友的事,想起跟她的点点滴滴,忽然我的嘴角微笑起来,进入了梦乡。

忽然我好像听到了一个声音,不知是梦里传来的声音,还是现实里的旋律:"上来睡吧!"

我从梦里醒来,看了看灰暗的房间,竖起耳朵,此时,我清楚地听到了这么一个声音,清脆悦耳:"程逸,你上来睡吧,地上太冷了。"

我揉了揉眼睛,说,床上太挤了,算了吧。

她说:"没关系,我们挨近点儿,能热乎些。"又说:"我也冷。"

我坐上了床,忽然觉得梦里的光照亮了这个房间,我的身体也开始热乎了。

她往床里面挪了挪,脸几乎贴在了墙上,墙上的寒冷让她缩了一下身体,屁股结实地撞在了我的身上。

她回头看我一眼,有些不耐烦,说:"快点儿睡吧,不早了。"

我看她着急了,就连忙上了床。她侧过身子,背对着我。我也侧了过去,背对着她。

我感觉我的背和她的背贴在了一起,那股暖流从我的背直击到我的胃,刚刚吃的食物开始翻滚,心里也开始颠三倒四,紧张到睡意全无。我不知道她是不是有同样的感觉，不知道自己是不是该说点儿什么，是不是应该说声"谢谢"，但现在说话会不会打扰她睡觉……

我正想着，她换了个姿势，我赶紧抓住这个机会，问她，你好点儿了吗？

她有些迷惑，说："什么？"

我说，觉得热些吗？

她"嗯"了一下。

我感觉心脏快跳到喉咙了，我的血液加速了循环，眼睛不敢往床的那边看，这句话却脱口而出，你知道我不是 gay，对吗？

我不知道她听到没，也不知道她是真的睡着了还是一直在装睡，但我清楚地感觉到，屋里的空气像被冻住一般，时间像停止一样，血液像凝固了，心跳像被……编不出来了，我没有艾奇那么有文采。

漫长的沉默后，她说："程逸，你不讨厌。"

什么，是真的吗？我有些激动，但我的表现依旧惶恐，我的呼吸开始急促，手心开始不争气地冒汗。不知怎的，冷风从被窝里吹到我的身上，感觉好冷，我才发觉后背早已汗湿。我摸了摸自己的肚皮，那里一会儿发热，一会儿发冷，我正犹豫着应该说点儿什么，忽然打了个喷嚏，把我震了起来。

她"扑哧"一声笑了,把腿放在了我的身上,压住我的被子,说:"早点儿睡,别着凉。"

说完,她转身朝向我,黑夜中,我斜眼看到了她的脸,她像个天使一样,很美。

她呼吸均匀,每一口呼出来的气,都像在抚摸我的侧脸,很快,我就有了反应,这太尴尬了,我强迫自己放松下来,但那玩意儿就是不听话地顶着被子。

妈呀,尴尬死我算了。

墨涵睁开了眼,看了看,笑了笑,又闭上了眼睛。

那天晚上,我不知道我是睡着了还是压根儿没睡——这种状态其实跟我在地上睡觉的感觉一模一样。早知道还不如不上来呢,不同的是,我觉得心里多了些温暖。那温暖,在寒冬中驱走了寂寞和孤独。

就这样,我们在一起了,至少我是这么认为的。

虽然我们之间还是没什么话,生活也没有太多变化,但我觉得这很正常,因为我本身就不太愿意多说话。

这世界,还是我和她,还是我和教会,还是我们和北京,还是我们和工作,还是她和我的微笑。

晓睿问我同居的感觉爽不爽。

我说还好，我不像你那么喜欢自由，我觉得有个人陪我就挺好。

他说没问我这个，问的是那方面。

我过了好久才知道他说的那方面是哪方面。

说实话，我跟墨涵没有那方面。虽然盖同一床被子，最多是肌肤之亲，至于那方面，真没有。不是我不想，哪个男人能不想这些事，那还是男人吗？只是因为《圣经》里说，婚前性行为跟其他不道德的性行为一样，是不会被神祝福的。《希伯来书》里写，只有丈夫和妻子间的性行为才是被神允许的。

无论是我的信仰还是从小接受的教育，似乎都在告诉我，这样是不对的。

何况我也不知道怎么弄啊，弄砸了多尴尬啊。

晓睿跟我说："砸了就砸了，砸了能怎样，她还能到处说咋的？"

瞧他这话说的，也是。

于是，我决定要有所改变。那天我提前回到家，做好了一顿烛光晚餐，甚至买了一瓶红酒。据说酒壮尿人胆，据说酒入愁肠，化作相思泪，据说爱情如老酒，据说酒后乱……

没想到，那天墨涵哭着回到家，像已经喝过两杯一样。

她一边擦着眼泪，一边坐在餐桌边二话不说就开始吃，完全没看出来，盘子里的面包是爱心状的，鸡蛋也是爱心状的，桌子上有五百二十支牙签，牛排也是最象征爱情的西冷牛排……

她好像被什么事情气着了，但她不说，我也不敢问。我不知道她为什么会有这么强烈的情绪波动，我甚至不知道为什么这么多人要有情绪的波动，我就从来没有，我只有微笑。

我走到厨房，给她倒了杯水。

她把杯子捧在手上，猛地喝了一口，哭得更狠了。接着，她把杯子放到桌子上，一边拥抱着我一边哭。我不明白这是为什么，然后她一边亲着我的嘴巴，一边解开我的衣服。我感觉自己燃烧起来，但还是推开了她，我说，对不起，我还是做不到。

她问："为什么？"

我说，我是基督徒，婚前不可以这样。

她破涕为笑，说："我们结婚吧。"

我说，好。

我的脸上还是那招牌一般的微笑，但我的心已经融化了。

5.

晨曦初露,鸟儿早起,那天,我们起了个大早。两个人手牵着手,坐着公交车去了民政局。

我不知道她是怎么想的，为什么愿意嫁给我。

我没钱、没车又没房，她好看、年轻又有前途，是怎么想不开要跟我结婚的。

我问，我们要不要告诉身边的人啊。

她笑笑说："我再想想。"

如果我没猜错，追她的男生也不少，上大学时，校外的男生都去宿舍给她送花。她工作室追她的那个男人，是个又有房又有车的本地人，可是，她怎么就选择我了？

从小到大，我总是处于一种莫名其妙的状态中，这件事情让我更加迷糊了，我想不明白为什么，但我知道，是上帝爱我，所以把她带到我身旁。人也别想太明白，想得太明白，累。

杯子寂寞，倒入热咖啡，就是爱的感觉。

我们走进了民政局，她轻轻地推开门，比画了一个"请"的动作。我微笑着，走进了大楼，她跟在我后面，像往常一样，挽住了我的胳膊，只是比往常又多了一丝亲昵。民政局里人来人往，有些是来结婚的，有些是来离婚的，而我们是来开始一段新生活的。

我们很快领了证，她小心翼翼地把证书放进背后的书包里，笑着说："这就嫁了？"

我牵住她的手，说，我会对你好的。

我微笑着，笑到不知该说些什么好，好吧，我承认自己什么时候都不知道该说什么。既然不知道怎么说，索性就别说了。我甚至都没跟父母说。

我想，如果我告诉父母我跟墨涵结婚了，父亲多半会问，谁是墨涵；母亲一定会讲，拿下，你能娶上老婆已经是苍天有眼了。

这就是我的父母，亲生父母，他们才不在乎我怎么想。

小的时候，妈妈总说我三棍子打不出一个屁。记得曾经有一个外国人问，放屁为什么要用棍子打。我想说，拿针扎我也"放"不出来。讲不出来话，有两个可能，要么是语言储备不够，要么是就不爱表达。我两样都占。

我爸爸也不爱说话，从小在我们家，都是妈妈在说话，爸爸在一个机械所当我梦寐以求的科学家，在外不说话，在家也没话说。

妈妈曾经想改变爸爸，但失败了。

艾奇说过，婚姻不是改变别人的，是改变自己的。

艾奇还说过，父亲的语言表达能力一定程度上决定了孩子成长时期的词汇量，但在我家，父亲几乎没话。

母亲说的大多数的话都是抱怨和情绪的表达，抱怨的也都是父亲为什么不说话。久而久之，家里就只有母亲说话，但凡遇到强烈冲突，父亲要么找理由去所里加班，要么找理由关上房门打游戏。

父亲在前年查出了耳背，我一直怀疑是母亲长时间唠叨导致的。很多年纪比较大的夫妻，几乎都是男人耳背，这总能说明点儿什么吧。

我估计也不是因为老妈说话的分贝有多大，而是因为她长期唠唠叨叨，于是老头儿选择性地失聪了，闭上耳朵，最后假耳背变成了真聋。

想到这儿，我忽然有一丝悲凉，因为墨涵也是一个喜欢说话的女人，我以后会不会耳背不好说，变哑巴的可能性倒是很大。但这些都没关系，我们终于可以做那件事了。

婚后的第一天，我就问她想不想要孩子。

她说不想要，她还笑了笑，说："我知道你想要什么。"

我也笑了。我从口袋里掏出了防护措施，她骂我流氓。我却激动了很久，因为终于，让我等到了今天。

不能再等了，我要立刻去做，很多事情，等着等着，就没了下文。

但，事情并不是很顺，我们的那件事做得很糟糕，糟糕到她没有一丝感觉，糟糕到我完全不知道哪里出了问题，她的无感让我也没有了感觉。

接下来几次，我们依旧很失望。

我一度怀疑，是自己有问题。后面的日子，我背着她去看了医生，去吃了药，但不知怎么，我就是不能让她有感觉，每次要不草草了事，要不甚至无法开始。

太大期望的背后，不是失望，而是绝望。

又尝试了几次后，我们彻底放弃了，接着，连肌肤的触碰都没了，我又睡回到冰冷的地上。

她说，我是个无趣的人，问我除了会在那里傻笑还会干什么。

每次说完这句话不到十分钟，她就走了，留我在原地继续傻笑。

我不知是因为没有性生活所以没话说，还是因为没话说所以性生活没感觉。

我也曾经向上帝祷告过，问他我该做点儿什么，但我依旧不知道该如何挽回我们的感情。

我和她吵过一次，她让我睡在地上，我说你为什么不睡在地上，她扭头就走了。

我很后悔自己讲出这样的话，因为在那次吵架之后，她开始不在家待，告诉我整晚整晚都有工作，发信息不回，打电话不接。我们之间越来越没话，但我能很清楚地感觉到，她的心思不在我身上了,我们完了。

终于,我把这件事讲给了艾奇听。

艾奇这些天有些神神道道的,说话语无伦次,听完我的故事,他给我讲了个他大学同学的故事,碎碎念念,断断续续,好在我听懂了。他说,他有个同学,是女生,跟我很像。

我说,女同学为什么跟我很像?他说:"你听我说完。"

他的那个同学跟我一样,也是坚持婚前不能睡在一起,但她并不是因为宗教信仰,而是因为处女情结。她谈一个分一个,每次都很受伤,晚上一遍遍地更改着自己的个性签名,从"我从来都是一个过客"到"明天还会越来越好",再到"遇见你就是全世界",最后又回到"我从来都是一个过客"。

大四毕业后,她遇到了现在的老公,她告诉自己,无论如何这个男人都要跟自己走入婚姻的殿堂。于是两个人先登记,随后住在了一起。一开始男方希望先住在一起互相了解,结果姐们儿就是不愿意。

终于到了婚礼那天,姐们儿无比期待,因为等了二十多年,等的就是今天,还特意洗了澡在床上等他,结果经过了一天的婚礼,新郎筋疲力尽,求死不能,躺在床上弄了两下就睡着了。她也是失望到家,她想这可以理解,毕竟累了一天,等明天她再好好享受新婚的快乐。结果第二天，哥们儿精神抖擞地洗了澡，持续的时间还不如昨天。这下姐们儿着急了，这是怎么回事，后来他们又试了几次。

这么说吧，性生活一塌糊涂，可以用灾难来描述。

艾奇继续说："说白了，就是阳痿，你懂吗？那玩意儿连直都直不起来。因为已经结婚了，实在是没办法，两人只能凑合。但你知道，如果男人的那方面不行，一定会在其他方面强势起来，要不然自信心就会被彻底摧残，男人的魅力也会一去不复返。结果，哥们儿在家的脾气，从确诊阳痿后变得无法控制，说话扯着嗓子、高声指责、大声咒骂，把男性气概从床上全部转移到了生活里。那我这同学能忍吗？很快就离婚了。"

我说，你讲这么多，跟我有什么关系，我去医院检查过，我真的不阳痿。

他说："你不阳痿没关系，但你脑子肯定是枯萎了。现在什么年代了？婚前还不同居试试，哪怕一起旅个游也能加强彼此的了解。你这才过了几个月的家家，就敢结婚了？"

我说，我认识她很久了，不是几个月的家家。

艾奇吃了口面，说："那好，我问你，她最好的朋友是谁？"

我有些被问住，好像是她室友吧。

他继续问:"那她有没有男闺密,有没有备胎,喜欢什么样的男生,喜欢哪个明星?"

我试着回忆答案,但最后只能无奈地摇摇头。

艾奇说:"你什么都不知道,就敢结婚?你真的以为没话说就是你们感情破裂的原因吗?你们压根儿就门不当、户不对。"

我有些不高兴,说,门当户对重要吗?

他用筷子把面悬在空中,看着我的眼睛,一个字一个字地说:"精神上的门当户对,非常重要。"

他又说:"我再告诉你,婚前试婚,住在一起,更重要。尤其是对我家女儿艾甜这样的女孩子,等她长大了,我一定会让她在结婚前跟那个男孩子加速了解。

"你和墨涵,要么试着改变自己,要么看看能不能改变对方,要么抓紧结束关系,别给民政局的同志添麻烦。"

我听得云里雾里,问,所以我具体该怎么办?

艾奇又说:"你现在爱怎么样就怎么样,我的女儿肯定不能像你这样。你知道吗,婚姻意味着你们要一起生活好多年。你都不了解对方,还提什么天长地久啊?"

我还在思考艾奇的话,想怎么从他对女儿的要求中获得我想要的信息。他这段时间很奇怪,说话前言不搭后语,开口就是女儿、老婆，谁的事情都能扯到这上面去，他这样的状态既让人羡慕，又让人讨厌。

正想着，我忽然收到一条短信，是墨涵发来的，上面清清楚楚地写着一句话："程逸，我已经搬走了。咱们离婚吧。"

我愣在那儿了，把手机递给艾奇。艾奇看了看，说："无论如何，别后悔就好。"

他说完，就"吸溜"地吃完了面前的那碗酸汤面。

我回到家时，家里几乎已经被搬空了，只留下我的东西，还有她不要的一些物件和家具。这房子，就像我刚来北京一样，每一个角落都冰冷了起来。

我打开灯，翻出了《圣经》，这是我在孤独的时候最愿意做的事。《申命记》里说，离婚是不好的，休妻是不行的。我又翻阅了《新约》，里面讲了法利赛人和耶稣关于休妻的对话。

可是，怎么没有休夫的文字呢？

时代变了，每个人都能休了自己不爱的另一半，像我这种情况，应该怎么处理呢？

一阵风吹过门口，把窗户重重地撞到墙上。我想，不行，我不能离婚，离婚不被上帝祝福，我要想办法挽回她。

我拿起电话，想打给她，但她现在是不是在忙？是不是在上班？是不是不方便接电话？

还是发条微信吧，憋了半天，才写下这么一句：我们能不能不离婚？

消息如石投大海，不知去向。到了晚上，她才慢条斯理地回了我："这是个通知。"

又回："下周二上午十点半，海淀区民政局见。"

想想觉得很有趣，这段婚姻持续了不到三个月，在那个春天，我们在当地街道办事处办理完各种居住证明，在民政局再一次见了面。我准备了一肚子的话想要跟她说，她却姗姗来迟。她在门口见到我时，直接塞给我一张离婚协议书，没有说一句话就往民政局里走。我跟在她后面一路小跑，她使劲儿推开门，径直奔向了工作人员。那扇门用力摔了回来，我忘记了她没有帮我撑着，那扇门撞到了我的门牙，我痛苦地捂住了嘴。我不知道究竟是哪里疼，眼泪不听话地从眼睛里钻了出来。我转过头，让眼泪风干了再转回去，冲着她，挤出一丝微笑。

民政局里人很多，有些人来结婚，有些人来离婚，而我们是来结束一段生活的。

我们很快办理完了离婚手续。工作人员没有问我们为什么要分开，头也没抬收了我们的离婚申请，一副司空见惯的样子。他递给我们离婚申请表,我们签了字,按了指纹,接着工作人员顺理成章地剪掉了我们的结婚证,抬起头,冷冷地说:"好的,二位,再见。"

我们就这样离开了民政局。她推开门,自己打了辆车。她回头看了我一眼,我一肚子的话,只剩下一句小声的"再见"。

我不知道是对她说的,还是对自己说的。

那是我第一次明白,再见的意思,可能就是再也不见。

婚姻是一个带着满身刺的人住进了你的心里,等她出来的时候,自己身上的刺都没了,而你的心却是千疮百孔、满目疮痍。

天哪,我也变得如此文艺了。失恋时,我竟然也多了不少文艺。

我怎么了?

6.

我还是对这个世界充满着疑惑,不清楚这个世界到底发生了什么,人和人之间到底怎么了。

晓睿说离婚很正常,这个时代,谁的身边没有几个离过婚的人。

从前郑直跟我说过大城市离婚率高,那时谁也想不到,我现在成了离婚率的分子。更让人没想到的是,我一直爱着的人,却一直爱着别人。

尼采说："上帝死了。"

一开始我以为他是妄人，怎么能说上帝死了呢，但从离婚数据来看，似乎这句话又有了几分可信。

离婚给我带来的，更多的不是一种离别的伤痛，而是一种面对新生活时无助的感觉。

从前是两个人共同面对生活，现在只剩自己，孤零零地面对黑暗。

我从原来的西四环搬到了西五环的石景山，在那里租了个一居室。我想远离城市的喧嚣，以为只有换一个环境，才能忘记那些不开心的伤痛。我以为自己不会太难过，看来我高估自己了，我想起高中时第一次失恋的感觉，对比今天，那感觉不过是挠痒痒。

我在刚离婚的日子，甚至见不得走在街上的任何情侣。艾奇也多次问我，能不能参加别人婚礼的彩排，我说我需要缓缓。过了很久，我终于决定归队，回到"四大金刚"的阵容中，不是因为我忘记了伤痛，而是因为再这样颓废下去，我就没钱了。

曾经有人说，婚姻是爱情的坟墓，可孤魂野鬼不比进坟墓强到哪儿去。我不知道和她离婚这件事是怪我，还是怪她，我觉得怪我更多，谁叫我不会说话，谁叫我不去追求爱，谁叫我不懂什么叫作爱。

微笑真的没用，赔笑不会被人尊重，被人尊重的唯一原因，是你值得被尊重。

晓睿告诉我分了之后就不要再给她发信息，抓紧遗忘，开始一段新的感情。

但我还是在某个晚上给墨涵发了个消息，我说，对不起。

她并没有回复我。她把我拉黑了，这是我最不想看到的事情：不做恋人，或许还能是朋友，做了恋人，分手后连朋友也不是了。

后来晓睿帮我问到，这件事情比我想的要复杂得多：她和他们工作室的那位本地人在一起了，他有房有车，是个很典型的中产阶级，也很喜欢她。两个人在逛街时被晓睿看到了，晓睿说，她至少看起来很幸福。晓睿还说，据说跟我离了婚没几天，两个人就结婚了。

也是晓睿告诉我，她住在我家的时候，就已经跟那个本地人在一起了。

我说我没懂。

晓睿说："直白点儿说，你只是她的一个备胎。"

我还知道了，那天她哭得一塌糊涂跟我说要结婚，是因为她看到了那个本地人跟别的女的在一起，可笑的是，那两人也是在逛街。

无论跟谁逛街，都是孤独的开始，孤独的结束。

她得知那女的是他的妻子，自己莫名其妙成了小三，所以伤心欲绝，回到家找了我。

我听后感觉心里怪怪的。

晓睿让我别难过，说："这年头，谁都有自己的备胎，谁都是别人的备胎。"

后来那个本地人为了她把婚离了，开始疯狂地追求她。她并没有告诉他自己已经结婚了，只是说自己很累，正逢我的那方面很糟，事业也不怎么样，所以她一面在家跟我保持着夫妻关系，一面和他继续约会，骑驴找马，踩着一根树干够更高的一根树枝。

艾奇说得对，我对对方一无所知，我太傻了。直到那个本地人向她求婚的那天，我让她去床下睡，她才意识到，每个男人都一样，都会发脾气，都会无理取闹，与其这样，还不如找个条件好的。于是，她决定结束我们的这段感情。所以，她告诉我，离婚是给我的一个通知。

这段感情连结束的时候，我都一句话也插不上，只配得到个通知。我们的离婚在意料之外，但在情理之中。

说实话，我可以理解她选择离开我，谁不想要更好的生活呢？

可是我不能理解,为什么要拉黑我呢,继续做朋友不好吗?

晓睿告诉我,她肯定不想让那个本地人知道自己曾经结过婚,男人离婚是加分,女人离婚会扣分。

我说,现在这个时代不是这么回事了吧。

他摇摇头,说:"没变。"还说:"还有一种可能,她对你还有点儿感情。"

我问,什么感情?

他说:"愧疚。"

我的后背一直在发凉,心里却很悲凉,他问我需不需要把这些事告诉那个本地人。

我说,算了,她幸福就好。

他还说要不要找人把这渣女打一顿。

我说,算了,我原谅她了。

我原谅她,其实也是放过了自己。在教会里,台牧师告诉我,所有不原谅别人的人,本质上都是没法放过自己。

我心里这个巨大无比的洞,只有信仰能帮我弥补,谢谢主,你一直在。

离婚后的日子,我不敢面对过去,不敢去和她一起走过的地方:那些咖啡厅、那些饭店、那些电影院、那些剧院、那些街道、那些楼房……我不敢奢求她再给我打一通电话,连面对面都没话说,我怎么可能奢求一通电话呢?

我走不出自己的痛,不知未来何去何从。

在一个下午,我在台老师的推荐下,申请了去台湾一所大学的神学院读书。虽然我不知道能不能有机会去那边读书,但我好像看到了远方。

晓睿告诉我,婚姻在这个现实的世界里其实不过是一种交换,你没错,或许你只是没有办法给她需要的一切。

郑直告诉我,每个人都有选择幸福的权利,她有,你也有,所以,抓紧找下一个。

台牧师告诉我,人的一生都在逃离。因为单身让人孤独,所以用恋爱的方式来逃离单身;因为恋爱不可靠,所以用婚姻的方式来逃离恋爱;因为婚姻让人喘不过气,让人缺乏新鲜感,所以用离婚来逃避婚姻;最后因为活着已经没有了激情和动力,所以以死亡来逃避生命。

台牧师还说,死亡并不是生命的终点,天堂才是。

我问身边的朋友,应该怎么走出痛苦?

台牧师说,你需要跟神祷告。

郑直告诉我,去工作吧,让自己忙起来、累起来就不会想到感情了。

艾奇什么也没跟我说，这些天，他说话总是胡言乱语。

晓睿告诉我，再找一个吧，只有新的爱能弥补旧的伤。

萧伯纳说："想结婚就结婚吧，要单身就单身吧，反正你们最后都会后悔的。"

但他们都没说离婚应该做什么，也没说被离婚应该怎么想，但我相信上帝，相信上帝是爱我的，相信他有更好的安排。

果然，在一个晚上的查经，我认识了一个女孩，叫雪菲。在查经结束后，她没走，在我身边，帮我祷告："敬爱的主，请你保守程逸兄弟的内心平安，希望无论他去哪儿，最后跟谁在一起，都能有你的指导。"

她闭上眼，我也闭上了眼睛。

我想起当我刚告诉母亲我信教时她的表情，她既没有反对，也没有支持，只是默默地说："你啥时候找个女朋友啊？"

后来我把信仰当成我这辈子最重要的事情，在我遇到所有麻烦的事情时都求助于信仰，久而久之，母亲开始一次次地攻击我的信仰，说我现在工作一塌糊涂，连个女朋友也没有，没房没车整天在北京浪费时间，这些都是信仰导致的。

我知道，这些跟我的信仰无关，不过是我自己懒惰，是我自己不爱学习，更是我自己不愿意改变；我也知道母亲说这些，只是希望我更好，但她的碎碎念，我早就在脑海中屏蔽了。

妈，我真的很想跟你说，我不是不想好好工作，是我的能力有限；我不是不想找女朋友，是她们真的看不上我。

不要再说我了，我不想像爸爸那样变得听不见声音。

想到这儿，我流出了眼泪，睁开眼，教会里一片明亮，随着一声"阿门"，我看到了雪菲。她很漂亮，眼睛大大的，鼻子挺挺的，脖子长长的，和她的睫毛一样。

她递给我一张纸，说："都会过去的。"说完冲我笑了笑。

我感觉自己一下子酥了，我在那片黑暗里，忽然又遇到了光。

心里那个洞冒出的血，瞬间被止住了。

原来让自己不痛的方式这么简单：再爱上一个人就好，晓睿说得对。

我要抓紧告别过去，拥抱未来。

雪菲就是我的未来。

7.

人和人真的不一样，同样的一句话，我和巴菲特说，效果和力度也是不一样的。

其实,我和晓睿同时说,也不一样。

这就是为什么晓睿跟我分享过无数种追女孩的方式,在我这儿都无济于事,如画饼充饥。

但我没放弃,我开始不放过一切能够去教会的时间,只为能见到她,我听她的祷告,听她对《圣经》的解读,我甚至可以听到她的生活。可我还是不知道该怎么跟她说话,我只会笑。

于是,在一个下午,我邀请晓睿跟我一起去教会,一起倾听上帝的声音。晓睿说:"我不去,我要陪玛丽逛街。"

无奈,我只能请他和玛丽吃晚饭,我说,你们逛完街饿了,晚餐我来管好吗?

他说:"那还行。"

我们这四个人,但凡谁遇到了追女生的问题,都会请教晓睿。用他的话说,他追过的女生比我吃过的螃蟹还多。我也承认,因为我海鲜过敏,从不吃螃蟹。

我请他和玛丽在一家上好的自助餐厅吃饭,逛完街后的玛丽满面红光,而晓睿累得双眼深陷在眼窝中——逛街果然对男人是一种折磨。

玛丽点了一瓶红酒,他俩拿了一桌子的菜,不知是跟这家餐厅有仇还是跟我有仇，他们像是三天没吃饭的饿鬼，一口一口的肉往嘴里塞，一杯一杯的酒往胃里送。

玛丽问我今天怎么有空约他们吃饭。

我心想，我一直都有空，只是不知道找什么理由请你们吃饭而已。

不过我还是像往常一样，什么也没说，微笑着。

我想晓睿应该知道我为什么找他，但他只是吃着饭、喝着酒，像是等待着我说点儿什么。他把一大块比萨放进嘴里，又剥了一只大虾放在玛丽的盘子中。

我也剥了一只大虾，放在晓睿的盘子里，他说了句"谢谢"，又撬开了一个生蚝。

我想问他，你能不能教我怎么追女生，但看着玛丽幸福的微笑和狼吞虎咽的满足，这句话一直在喉咙里，卡着出不来。我怕这句话会伤害玛丽，伤害晓睿和她的关系，怕玛丽问我，你干吗不问别人，非要问晓睿？他追过很多女生吗？他平时不是都不近女色吗？他的前任还有几个他没有跟她交代的？他哪一任隐瞒了、歪曲了、删减了、夸大了？

每个人都有各种面具，在家一套，在外一套，在家好不容易隐瞒了下来，在外朋友一句话就可能泄露。

晓睿能走出父亲的阴影不容易，他们能在一起更不容易，他们不能再像我这样离婚了，上帝不会祝福这样的分离。

我继续低头吃饭，想找个玛丽不在的机会再把这个问题说出来。

可是，我看着时间一分一秒地过去，桌子上的菜一点点地变少，玛丽就是没有离开的迹象，她指挥着晓睿拿她想吃的东西、想喝的饮料，然后等着他回到餐桌，两人继续胡吃海塞。

我沉默着，脸上继续挂着微笑。后来，倒是玛丽有点儿坐不住了，吃饱了的她，摸着肚子打开了话匣子。

她分享着他们结婚后的蜜月期去了什么地方，分享他们暂时没有要孩子的想法，分享他们曾经的故事，分享晓睿是怎么跟她表白的。我依旧微笑着，这是我标志性的动作，我知道微笑是最好的表达，只要微笑着，就算不知道该怎么接话，也能应付所有的语言。

我想起墨涵离开我的时候，说的那句话："你除了会笑，还会什么？"

是啊，我除了会笑，好像什么也不会。

很快我们喝完了一瓶红酒，吃完了所有拿来的菜，玛丽站了起来，说："我想去拿点儿甜点。"

晓睿说:"我帮你拿。"

玛丽摇摇头,看了看我,说:"我想自己走走,消消食。"

我看着她的背影走远,确保她听不见我说话后,敏捷地跟晓睿说:"晓睿,你能教我追女生吗?"

晓睿放下塞在嘴里的螃蟹腿,说:"你找我是为了这个?"

我点点头。

他说:"那你怎么不早说?"

我说我害怕玛丽问你过去的事。

晓睿说:"程逸你这个人内向就算了,还戏多,有什么事情只在自己脑子里面转个几百回合,就是不说出来,那他妈的,我们怎么猜得出来。"又说:"我和玛丽都很坦白,我们不在乎彼此过去的事情,我们在乎的是彼此的未来。"还说:"你要再有什么不说什么,再吃一顿饭一句话都不说,我告诉你,我以人格担保,没有人愿意跟你吃饭,更没有姑娘愿意跟你约会,你明白吗?"

我说,你别生气啊,我这不是在改吗,我也想跟人讲话,但我就是性格内向啊。

他还是没解气,吃了一口面包,又喝了一口冰水,看着我,看得我毛发都竖了起来。

"是谁？怎么认识的？什么星座？干什么的？"

我说，我们教会的，叫雪菲。

他说："你最好可以依次回答我的问题。"

我说，你是在诊断我吗？

他说："要不然呢？你就是有病，得治。你看过《生活大爆炸》吗？里面有个印度人，不能跟女人说话，后来被女人活活治好了。你比他还严重，你现在是遇见男人都不能讲话。"

我说，你别瞎说，我这不跟你讲话了嘛。

我们正说着，玛丽回来了。显然，她看到了晓睿对我剑拔弩张的态度，问怎么了，晓睿说这家伙问我怎么追女生。

玛丽跳了起来，满脸通红，说："这个事儿啊，你怎么不早说，你告诉人家啊，你是专家啊。"

我一看傻了，问，没生气就算了，怎么还往枪口上擦油。玛丽说："我有什么好生气的，我的男人被各种女人喜欢但还是我的，说明我的男人有魅力，说明我更有魅力啊。"

玛丽说着，一边拉着我，一边拉着晓睿说："你去做个示范，给他做个示范。"

晓睿搪塞着，说自己很久没有做过这种事了。玛丽说："我批准了，你就为了兄弟做一个示范，赶紧去。"

晓睿不好意思地看了看玛丽。玛丽说:"我真批准了,不报复。"

晓睿像要上战场一样开始了准备,他对着手机整理了一下发型,大步走到一个女生的旁边,说:"您好,打扰一下。"

那个女生显然被吓了一跳,问:"怎么了?"

晓睿说:"我能加你个微信吗?"

姑娘笑了笑,说:"为什么啊?"

晓睿说:"我刚刚在那儿看到你走过来,心想如果不能加你微信,我一定会后悔,我脑子一热就走来了。"

姑娘捂着嘴笑了,她撩了一下秀发,说:"好,那我就说一遍电话,如果你能记住,我就通过你的微信。"说着,姑娘随口说出了她的电话号码,说完,姑娘像风一样飘走了。

晓睿走了回来,自言自语道:"宝刀未老。"又说:"你想学吗?"我拼命点头,像是要摇折自己的脖子。

"那咱们去喝点儿酒吧。"晓睿说,"当然,如果你实在经济困难,我们来请也未尝不可。"

玛丽在一旁,不知道是不是有些不高兴,说:"电话你记住了吗?"

晓睿说:"我记那玩意儿干吗?"

玛丽搂住了晓睿的胳膊，说："走！喝酒去。"

说实话，我真分不清玛丽是高兴还是不高兴，女人真奇怪。

8.

我很少把手机给别人看，倒不是我害怕泄露隐私，是因为他们看到我这样的人的手机，一定会觉得很无聊。我的手机里除了广告就是父母的信息，偶尔有几条有用的信息，也都是艾奇他们告知我工作地点和客户要求的。

我对事业和爱情一样，没有太多的追求，我更在乎的是信仰。

艾奇曾经跟我说过，人总会在二十多岁忽然意识到父母是普通人，三十多岁意识到自己是普通人，四十岁意识到孩子是普通人。我不一样，我二十多岁就意识到自己和父母甚至以后的孩子都是普通人。

我之所以想让晓睿教我，是因为我虽然接受了自己就是普通人，但普通人也需要一个家，需要一段婚姻，需要给父母一个交代，需要完成社会的分工，需要结婚生子，需要有另一半，需要有下一代。

普通人想要这些，有问题吗？

其实我并不知道自己为什么要结婚,但看着同龄人都结婚了,这种同龄人压力也就来了。

不结婚难道要单身一辈子吗?难道到老了还孤苦伶仃吗?

所以,我要从今天开始改变,我要从发微信开始学习。

晓睿拿着我的手机,对我说:"开始教学了啊,每次聊天不要超过三个来回,连续三次勾搭后要有一次模糊邀约。所谓模糊邀约,就是不给具体时间、具体地点的邀约,比如,有空咱们一起喝咖啡,有空咱们一起吃饭。明白了吗?"

我点头,说,明白了。

晓睿喝了一口杯中的单一麦芽,龇牙咧嘴地说:"我负责帮你把她约出来,见面什么的你要自己来。"

我心想,废话,见面还能让你来,那不成你来追女孩了吗?但我还是微笑地说,好的,谢谢你。

他问我:"现在是晚上十点整,如果是你,你会怎么给她发这条信息?"

我想了想,说,在吗?

这回是玛丽捂着脑袋了,她说:"你疯了吗?这样别说女孩子了,男孩子都不会回的。"

我问,那应该怎么发?

晓睿说："这样。"说着，他在我的手机上打下了一行字，这些字活泼得像一群小姑娘，欢快地跳跃在屏幕上，它们叽叽喳喳地窃窃私语，像是在告诉我应该怎么做："今天在家里读《圣经》的时候，忽然想到你了，谢谢你给我的鼓励，好温暖。"

他问我："你觉得这样可以吗？"

我说，完美，但不像是我说的。

他说："可以就发。不像你说的就对了，啥也不发才像你说的。"

我颤抖着按了发送，发出了这条信息，没想到不到一分钟，她竟然回我了："没关系，上帝保佑你。"

我问晓睿，接下来该怎么办？

晓睿摸了摸头，说："在你们这个宗教里，'上帝保佑你'是不是属于工作范围？"

我说，我不懂你什么意思。

他说："这几个字应该算比较公事公办的语言体系吧？"

我说，我不知道你说的是什么意思，但应该是。

他想了想，又编了一条："你在干什么？"

他似乎也不太确定，又给身旁的玛丽看了看。玛丽点了点头，说："可以。"

他又递给我，我也点了点头，说，就这样吧。

于是，这条信息又通过网络飞到了她的闺房。

这次她信息回得比刚才慢，只有四个字："洗澡，你呢？"

晓睿拍了下大腿，高兴地说："太好了！"

我说，怎么好了？

晓睿说："一般问姑娘在干吗，她往往只会说洗澡，这是一种终结谈话的表达。但她加了'你呢？'，这意思就很明确了，她希望谈话继续。甚至她还表达了不排斥你，愿意关心你在做什么的想法。"

我说，你能说人话吗？

他说："也就是说，第一步成功了。"

我听得云里雾里，因为我实在弄不懂，四个字是怎么能分析出这么多道理和逻辑的，这太难了，他这是跟艾奇待久了学会的吗？

晓睿又编辑了一条信息，他把手机递给了玛丽。玛丽摇摇头，说："会不会太快？"

晓睿说："不快。"

玛丽说："如果她拒绝呢？"

晓睿说："那就说喝多了。"

玛丽看了眼杯中的酒,也喝了一口那浓烈的单一麦芽,说:"好。"她看着我,又说:"给你追姑娘,搞得我俩紧张死了。"

我的微笑还是挂在脸上,等他们把消息发出去,我才意识到还没看发的是什么。我说,你没给我看。

他把手机递过来,上面写着几个让我脸红的字:"我在想你。希望可以早日见到你。"

瞬间,我的血液冲向了大脑,我感觉一阵眩晕,身体出现强烈的不适。

天哪,这根本不是我的语言啊,我从来不会说想谁,多肉麻。

我对父母都没有说过"想"。我猛地喝了口烈酒,威士忌的浓烈呛入了我的食道,反刍到我的喉咙,瞬间,我开始剧烈地咳嗽。

晓睿告诉我:"如果让你不舒服了,是好事,因为你正在逐渐走出舒适区。"

我点点头,想要挤出一丝微笑,但我完全感受不到自己现在的面部表情,讲真,我甚至感受不到我的脚在哪里。

我们一起盯着手机,我又感到了时光被拉长,灯红酒绿照射出每个人的影子,它们都像被拉长的橡皮泥,在我的眼睛里变成老虎、狮子、大象,还有各种各样奇怪的动物。我仿佛看到这座城市里,有些人在跳舞,有些人在歌唱,有些人在做爱,有些人在争吵，每个人都有事做。

唯独我等不到回应。

晓睿安慰我，说："不着急，再等等。"

这一等，就到了十二点，十二点意味着一天的结束，意味着新的一天的开始。一瓶单一麦芽的力度很强，伴随着酒吧的音乐，我们都喝多了。

我拿起手机，对着晓睿摇摆了一下，告诉他还没有消息。

晓睿说："估计她睡了。明天咱们再计划。"

说完，他站起身，跟玛丽一起晃晃悠悠地走了。

我一个人坐在酒吧里，许多过去的事情在酒精的作用下浮现在眼前。

如果每个人都是本书，我这本书会不会太薄了？为什么唯独我的内容少，故事那么短，却说也说不清呢？我抬头看了眼这座城市，高楼耸立在我的脑袋上，我看着那些大楼，心想，哪里才是我的家。

我走出酒吧，想打辆车，拦了两辆出租车，他们都说自己要下班了。

我钻进一辆摩的，四面漏风，但好在不用走回家。

在路上，风吹过我的头发，我清醒了一些，心想，我这是何苦，为什么要来北京受这个罪呢？回家不行吗？我当初来北京就是希望自己不要当一个普通人，但现在，我越来越普通了。

我看着这座城市，看着这周围的霓虹灯，生怕被人看穿这些年自己的孤独。我像只黑猫一样，穿越着这座城市，像一只老鼠那般，躲避着人群。梭罗说："城市，是一个几百万人一起孤独生活的地方。"可是，总有人能在这座城市里甜蜜。

难道，我只适合一个人待着吗？我想了想，如果我养只猫，一个人过一生，有何不可呢？

不行，这样同伴们怎么看我，父母怎么说我，家里的亲人怎么评价我啊？

车继续开着，风继续吹着，我拿起手机想看看时间，突然一条微信闪现出来。我欣喜若狂地打开手机，竟然是雪菲，微信里工工整整地写着：

"一看你就是喝多了，晚安。"后面是一个月亮的表情。

我一下清醒了。

这句话是什么意思？背后是什么意思啊？如果刚才四个字就能分析出这么多内容，现在这句话有十个字，还有表情，是不是可以分析出更多的信息？

晓睿啊，你在哪里？我立刻截屏发给了晓睿，问，我应该怎么回？

晓睿没有回我，这家伙估计是睡了。

可是我的问题却没解决，我应该怎么回？我应不应该说一声"晚安"？我应不应该加一个表情？车辆呼啸而过，我有些茫然，我想打电话把晓睿叫起来，但又怕打扰了玛丽，我凌乱地走在路上，纠结在风中。

回到家，已经一点多，我洗了把脸，睡了。

那天晚上，我睡得很香，一觉起来，太阳已经照到了我的脸上。

我竟没有梦到墨涵，我像是终于从她给我的阴影中走了出来。

清晨，我拿起手机，看到了晓睿回我的信息："说声'晚安'。"

这家伙，怎么不早点儿说，现在已经是早上了，我问他，昨天忘说了，今天应该怎么补？

晓睿说："晚上我想吃火锅。"

我咬咬牙，说，好！我请客。

他给我发了个地址，说七点在这里见。

我查了一下，这家火锅要人均三百多，这下子至少两场婚礼白接了，这家伙真狠。

但不知为什么，心里却很高兴，我期待着夜幕降临。

夜晚能让人勇敢，也能让人伤感；能让人坚强，也能让人伪装。

9.

夜幕降临，月明星稀，万家灯火下，我们在火锅店吃起了饭，这次，玛丽没来。他显然得心应手了许多，沟通尺度也更大了。

很多时候，女人在确实影响了男人的发挥。

晚上，晓睿先发出了一条这样的信息："晚上好啊，我昨天没有喝多，跟你说话的确会让我沉醉。"

她回得很快："你嘴巴挺甜，谁教你的？"

晓睿一边帮我回复，一边跟我说："这句话值一份黄喉，这段话至少一份百叶，这句话厉害了，少说也要一份滑蛋牛肉外加一盘撒尿牛丸……"

我一边忙着点菜，一边忙着给他下菜、调料，就差喂到他的嘴里了。

那一夜，我期待地看着晓睿，晓睿时而微笑，时而睿智，时而坚定，时而感叹，动不动还停留几分钟再回复，说让她等等。那天，我才真正认识了这位情场高手。

晓睿说："国外有一种叫作 PUA 的课程，就是教你用姑娘喜欢的方式约姑娘出来吃饭。"他说："我去上过这个课，上完之后才知道，自己比这些乱七八糟的套路厉害多了。"

他说："最高级的套路是真诚。"

因为自己真诚，所以每次都能成功。

我心想，你是不是对真诚有误解？但我微笑着，说，你是很真诚。

他说："必须的，现在自己用不上了，准备把这些东西传授给你。"

我说，那你要找个山洞。

他问："为什么？"

我说绝世武功不都要在山洞里传授吗？

他说："你要是跟姑娘们能用这样轻松的语言沟通，你早就不是单身了，喜欢你的姑娘会多得吓死你。"

他又说："主要是你们这教派的语言体系我不太熟悉。"

我问他，那有没有什么好的语言体系可以让我学习？

他一边帮我回着，一边告诉我："追女孩儿重要的不是语言体系，而是状态，有时候你都不用表白，只要跟她有那种状态就好。比如吃饭的时候，喂她一口饭，比如看电影帮她把票一起买了，走在路上顺带把手牵了，不用说什么话，直接做就好。"

他还说："女孩不是用追的，一旦用追的，你自然而然就低了一个等级。你追别人跑，主动权不就在别人那边了吗？"

他继续说:"女孩子是追不上的,是吸引过来的。"

我点点头,说,虽然听不懂,但感觉你真是大师啊。

他继续发表着长篇大论,我努力地听着,果然,什么也听不懂,但还是礼貌地微笑着点着头。

他说着说着,忽然拍了一下大腿,高声叫道:"我×!成了!"

我赶紧问,什么成了?

他说:"再加两份羊肉和一份虾滑,我告诉你。"

我说,你怎么这么能吃?

他一边递给我手机,一边说:"我从早上就没吃饭,等你这顿。"

我赶紧看了看他们的聊天记录,他们聊了好多,不,我们聊了好多,最后一次对话是这么说的——

我:有一家特别好吃的牛排,符合你高贵的气质。明天下班我去接你,不见不散。

她:不见不散。(笑脸)

天哪,我们要见面了。

我问晓睿怎么做到的。

晓睿说:"这一招叫逐步升级理论。所谓逐步升级,就是聊天要逐步提高亲密度,你要不升级,女生会觉得你没有情调;你要胡乱升级，女生会觉得你要流氓。我从你们共同的喜好开始，聊到共同的生活习惯，再聊到共同的饮食相似处，最后发起邀约，她能不答应吗？"

我看着密密麻麻的他帮我发的信息，天哪，这些信息是我一个月的信息量。

我问，可是，我并没有你说的这些和她共同的爱好啊？

晓睿横了我一眼，指了指桌子上的肥肠，我赶紧把这些都倒入了锅里。

他说："爱好是可以培养的啊！你是不是傻？"

也对，我感觉我的嘴巴已经咧到了耳垂的下面，这回，我好像是真的在笑。

那天晚上，我一直在笑，一直笑到了买单前，我才差点儿哭了。

第二天，晓睿建议我穿上最帅的衣服，提前把菜都点了，最好再点一瓶红酒，有气氛一些。

他还给我出了很多点子，比如吃完牛排转场到甜品店，让她请第二场，因为女人喜欢自己付出过的男人，如果她不请客，可以试着上个厕所让她帮忙拿个包；比如可以不停转场，从甜品店还能转移到电影院或者酒吧，转场有个好处，雪菲容易把所有的安全感都放在唯一熟悉的人——"我"上面，这样可以时不时有一些肢体接触；比如……

太多了，我真的记不住了。

没想到，下午艾奇突然给我派了个活儿，去给一位新娘提前定妆。

我火急火燎地跑了过去，发现这位新娘的要求特别多，我活生生地修改了三四版妆容，新娘才定了妆。

下班后，我像匹野马奔驰在晚高峰的北京三环上，这次约会应该是我这辈子最后一次和女孩子在一起的机会了吧。

可这匹野马像被砍断了四肢，在地图上留下一片紫红——在马路上一动不动。

终于，我最不想面对的事情发生了——雪菲竟然比我先到了，她问我在哪儿。

这回我又不知道应该怎么回了。

我纠结了半天，发现无论我跺脚、发飙甚至着急，都无法让这辆车开得比其他车快一点儿，于是我回了句："对不起，堵上了，你先吃。"

回完微信，我背着化妆箱跳下了车，在路边开了辆共享单车，背着箱子飞快地骑了起来。

这晚的风很大，大到能吹掉我所有的坦荡和体面。

我不知道自己骑得有多快,我只知道,化妆箱子的角磕在腿上,很疼;磕在膝盖上,钻心地疼。但我没有停下,就这么继续骑着,我不知道为什么约个会让我有种想哭的感觉,这种委屈好像自从来北京后就如影随形,但这回似乎变得更严重,腿跟箱子就这么互相碰撞,疼痛中,我终于到了这家牛排馆。此时,身上的汗味已经盖过了我之前喷过的香水味,到了牛排馆的门口,我请服务员帮我把箱子收起来,自己一瘸一拐地走了进去。

　　雪菲在玩手机,桌子上什么也没有。

　　服务员告诉我,她已经吃完两份面包了。

　　我快步走入餐厅,雪菲看到我进来,脸上浮现了微笑:"终于来了?"

　　我说,对不起,堵车。说着,汗从脸上滴了下来,我用尽全力,挤出一丝微笑。

　　她递来一张纸,我有些不好意思地接了过来。

　　她问我吃什么,我说,吃牛排。

　　她笑着说:"废话,来牛排馆不吃牛排吃什么。"

　　说着,她找服务员要了菜单,点了两份沙拉和两份牛排,对我说:"你应该会喜欢。"我笑着点点头。

　　我没有按照晓睿给我的脚本对待这次约会,因为我全都忘了,我从进了餐厅就开始胡言乱语,比如我问她,你最近怎么样?工作还好吗?祝你一切都好……

说完就不再说话了。

她笑着,要么盯着我的脸看,要么跟我一样也不说话。我觉得很难受,觉得自己没用,说完话连头也不敢抬,等了半天,终于上菜了,这牛排是刚从牛身上切下来吗?

吃饭前,她带着我一起祷告,她说:"谢谢敬爱的天父,请你保守我们这次晚餐,也希望我们能继续努力荣耀您。阿门。"

伴随着那声"阿门",我的心忽然安静了。我抬起了头,看着她的眼睛,清澈见底,像湖水那样,洗净了我的焦虑。

我情不自禁地说了声,谢谢啊。

她笑了,说:"好吃吗?"

我说,特别好吃。

她说:"好吃就多吃点儿,吃牛肉不长胖的。"

这回换我笑了,嗯。

我不知道那次饭吃了多久,我们的确也没说几句话,但我们就是从天还有点儿亮吃到了天黑透,我们全程没有说什么话,但不尴尬,嫩嫩的牛排在我的眼前,正如我们那时的青春年少。

吃完饭,她趁着我上厕所的时候,把单买了,然后对我说:"希望你早日走出来。"

她说完就拿着包，走了。

我微笑着，那微笑，从心里散落了出来，像阳光那般，我忽然弄懂了好多事情，我知道了自己可能并不适合她，可能自己并不喜欢跟人相处。我明白了原来我可以跟别人不一样，我不一定非要结婚，我可以寻找一种让自己舒服的方式生活，瞬间，我终于可以跟自己和平相处了。

忽然，我的心变得很安静，安静得像夜晚的湖面，我脸上的笑没了，心里却多了一丝踏实。有些感情是一场天花，得过后终身免疫；有些感情是一场梦，梦醒后永生难忘。

此时，晓睿给我发了条信息，问我："怎么样？"

我回了他两个字：挺好。

我手插着兜走在回家的路上，路过一个篮球场，我忽然想艾奇了，不知道他过得怎么样，他最近的状态不太好，主持总出错，说话也语无伦次。他告诉我，老婆回老家了，现在他一个人在家带孩子。我们曾经都是那么无忧无虑，在篮球场上飞驰，而现在，我们都已经活成了自己想要或不想要的模样。

我给艾奇发了条信息，问他有没有空，到楼下打会儿篮球。

艾奇回我说："孩子没人带，等过些天我爸妈来了再打吧。"

我知道这是他最难的时候，我也知道，我一直不愿主动联系他，这是改不掉的性格，但我想做些改变，哪怕只有一点点，于是，我继续给艾奇发了条信息：如果方便，我去你家，咱们聊聊。

没想到，艾奇回我："好。来吧。"

我想起艾奇最近的状态，说实话我一直很为他担心，我怀念曾经在篮球场上飞驰的他，怀念为了准备一篇主持稿彻夜奋笔的他，怀念那个为了爱不顾一切的他。我坐在灯光球场上，看着那些比我们年轻很多的孩子飞驰在篮下，飞奔在球场上，他们不顾一切地争抢一个球，为了进一个球，宁可自己受伤。而现在的我们，如果还在场上，只会想尽一切办法不让自己受伤。

时代没有变，只是我们老了。

我正在胡思乱想，忽然，我收到了雪菲的信息："程逸弟兄，你好。我相信这是神的旨意让我遇见你，并且帮助你渡过难关。你很可爱，甚至很有趣，你值得更好的生活，只是你需要想明白自己喜欢谁，需要想明白自己要不要结婚，但很明确，我不是你喜欢的那个人，就像你也不是我喜欢的那个人一样。忘了告诉你，我结婚了，有自己很爱的老公，他跟你很像，也不爱说话，平时是个闷葫芦，但他是个宝藏男孩。你也是，你更需要一个挖掘你的宝藏的专属女孩，如果没有遇到这样的女孩，自己也可以养只猫，独处也可以很美的。神保佑你,阿门。"

我一字一句地读完了这段话,忽然,热泪满面。

接着,又一条信息扑面而来:"如果下次有机会一起吃饭,你可以试试不让别人帮你发微信,或许你自己发出的东西,能更有魅力。"

忽然,我"扑哧"一声笑了,路灯下,我伴着别人拍球的声音,飞速跑向了艾奇家。

我抬头看了看天上的月亮,月亮如此皎洁,那够不到的地方,其实是最美的天堂。

10.

人一旦打开了自己的内心,最容易看清楚世界的模样。

我记得我的一位高中同学,在高三那年知道了自己是同性恋,他很勇敢,告诉了父母。父母一开始很难过,甚至决定放弃这个孩子,但一年后,也就是在高考的前一天,母亲告诉他,只要你开心,我们都可以。

虽然那个同学高考还是考砸了,但他说,那是他十八岁收到的最好的礼物。因为从那天起,他终于可以勇敢地做自己了。

我想，如果我告诉父母自己决定就这么单身下去，决定不结婚，是不是也会得到他们的尊重呢？

我想无论如何，至少应该试试。

月亮挂在了天上，乌云盖过了头顶，我走到艾奇家门口，我好久好久没有来了。他的房间里，一地的婴儿用品，乱七八糟，他说孩子刚刚入睡。里屋的门关着，他拖着疲惫的身躯给我倒了一杯酒，问："什么风把你吹来了？"

我喝了一口酒，把我的想法告诉了艾奇。虽然我知道，现在的他可能很累，但我想告诉他我的想法，他应该第一个知道。

我告诉艾奇，我不想结婚了，我觉得一个人也挺好，我觉得这世界不仅仅有爱情，还有更多美好的事情。我可以一心一意做我真心喜欢的事情，一心一意做自己。我告诉他，我本来就不擅长交流，我尝试过改变，但我改变不了，我这人甚至不喜欢和别人相处，我现在觉得一个人的生活，挺好，一个人，也能活得很好。我告诉他，没有谁规定人一定要结婚，每个人其实都有自己的价值，都有自己前行的方向，我不觉得有应该结婚的年纪，但我觉得有应该结婚的爱情，传宗接代不是人生的终极目的。越长大，越能意识到。爱情只是人生命中很小的一部分。我尝试过和别人相处，但我真的改变不了，如果可以，我想养只猫，这样的感觉也很好。

不用担心我的状态，主会保佑我的。我告诉艾奇，我不再纠结了，也不再痛苦了，我想成为真正的自己。我知道会有很多人告诉我应该结婚生孩子，但我觉得，在世界上走一遭，我想成为真正的自己。

我也不知道为什么能说出那么多话，天哪，我怎么这么能说话啊，但艾奇没有烦我，我看到艾奇笑了。

艾奇的脸上出现了久违的笑容，他说："兄弟，你想明白就好，我为你高兴。"

他还说："永远不要做让自己后悔的事情，永远不要。"

这回，我说了好多话，我没有笑，而是他一直在微笑。

我记得从我刚离婚起，艾奇就总是批评我，说我不主动，说所有的感情都是追求和努力得来的，说我整天期待上天有更好的安排，可是，就算上天给我安排中六合彩，我至少应该先买张彩票。

他也经常鼓励我，说我要去改变，要去尝试，不要只会讲什么，上帝有更好的安排。

我曾经问过他，你相信有上帝吗？

他说，他当然不信。

但他最近很奇怪，总问我这世上会不会有天堂。

那天晚上，艾奇拿出了一盘小吃，对我说他曾经试图改变身边的人。但是随着年纪的增长,他慢慢明白,自己谁也改变不了,就连他自己也无法改变。

是啊,人成长的必经之路就是开始明白自己是弱小的、普通的、无能为力的。聪明的人,永远学会跟生活和解,原谅不完美的自己。

我拍了拍他的肩膀,说我会一直幸福,说完,转身走到了门口。

艾奇叫住了我,说:"记得啊,永远别让自己后悔。"

他的眼睛里,透着光,好像在说着什么。

我怕影响到他女儿艾甜睡觉,提早离开了他的家。

直到今天,我依稀记得那个夜晚,月亮和星星照亮了我前方的路,我像看到了天使那般,它们朝着我招手,告诉我,路的前方,不用怕。那天,我走着走着,走到了一家宠物店。这家宠物店正准备关门,我问老板有没有比较好养活的猫,我之前没养过,没有经验。

老板指着一只黑白相间的猫,说:"只有它了。"

我看着这只可怜的小家伙,楚楚可人、千伶百俐,它盯着我看了一会儿,很快闭上眼,用尽全力打了个哈欠。我摸了摸它的头,说,叫你"哈欠"好吗?

它不情愿地摇了摇头,抖了抖身上的跳蚤。

我说,就叫你"哈欠"吧,后面的日子,让我来陪你喽。

它又打了个哈欠,闭上了眼睛。

我抱走它的那个晚上,"哈欠"有了自己的新家,我也有了自己的新生活。

它总喜欢跳上我的床,跑到我的被窝里来,跟我一起看电视。

只要我一到家,它就像个孩子一样,"喵"的一声跑过来。

11.

我今年五十岁了,没有结婚,没有孩子,现在在台湾一所大学的神学院教书。我也不知道我是如何从一个完全不会说话的人变成一个靠说话为生的老师的,但,我过得很开心。

人就是这么一步步改变的。

我的父母经常来看我,他们很为我高兴,因为他们看见我幸福了,所以他们也会觉得幸福。我虽孤单,但不孤独。人这一生,就是一种孤独的成长,我们总是在孤独成长,慢慢地,也就习惯了。因为我开始知道,不会有人一直陪着我,所以,早些为离别做好准备,挺好。

我的学生说我不爱笑,我说,可能是因为我的笑在年轻时都用完了吧。

现在我已经有两只猫、三只狗了，而"哈欠"已经离开了这个世界，这些年来它们陪着我，能让我少些孤单的感觉。我还是偶尔会想起那个夜晚，想念跟"哈欠"相遇的时刻，那是我生命的开始。

岁月不饶人，有时候，我想起之前那段纠结的日子，总会感觉到那个程逸是另一个人。

后来，在我教书的日子里，总有学生问我："我可不可以不结婚啊？"

我说，当然可以啊。

学生说："如果我是个女生呢？"

我说，那有什么问题呢？

我相信当然是可以的。

这个时代的女孩子不会比任何一个时代更容易生活，但有一个好处，她们始终是有选择权的，她们可以选择一个人过或者是两个人活，她们可以选择进入婚姻，也可以选择不婚到老。

在这个时代里，这是她们的权利，也是她们的便利。

这些年，我一直在感叹，我们群居了这么多年，努力合群了这么久，那些曾经无法控制的同龄人压力，终于在我们的世界里可以被丢弃了。我们终于可以勇敢地跟身边的人说，我就是我，是独一无二的我。

我很感谢那个夜晚,感谢上帝,感谢雪菲请我吃的那次牛排,感谢老艾,因为他们,在那天晚上,我终于勇敢地成为更真实的自己。

那天起,我忽然发现,我只需取悦自己,不用强颜欢笑,真好。

可能是人老了,总容易回忆起过去的事情,每次路过学校的篮球场,我还是会怀念过去的时光。

岁月如梭,我们慢慢变老了,但好在,都活成了自己想要的样子。

雪菲过得很幸福,有了两个孩子。孩子都很争气,在很好的公司入职了。

前些日子大学同学聚会,我又见到了墨涵,她也已经是两个孩子的妈妈了。

可惜,这些年她过得并不好,和那个本地人离了婚,嫁给了一个比自己小十岁的男人,有了两个孩子,后来又离了婚,成了单亲妈妈,离开北京回到山东老家继续生活。

我们见面的时候,她还有些不好意思,但我知道,那是我们不懂事的日子里最美好的青春回忆。

她说,她从来没后悔过自己做的决定。

我说,我也是。

我对她说，需要我的时候，我都在。

她笑了，说："你变化很大，真的，很大。"

前些日子，艾奇带孩子从温哥华回来，又把我们"四大金刚"聚在了一起。他们委任我为他们孩子的干爹，这几个人都没有逃脱做爹的命运。

艾奇从温哥华回来，带来了他的女儿艾甜。她把艾奇管得很严，那天我们在一起喝酒，只有艾甜去厕所或者别人给她打电话的时候，艾奇才能拿起酒杯，一边盯着厕所，一边小声说："快，给我倒上。"

艾甜一回来，老艾就一本正经的模样说："你们真的少喝点儿酒，喝太多对身体不好。"

不过那天我还是喝多了，鼻子酸酸的，回家的时候，眼泪一直在掉。

我们还会在各自不同的轨道上继续幸福，活出自己的模样。

阿门。

第四章

主持人 艾奇

1.

人在二十多岁时,容易愤青、容易愤怒、容易迷茫,更容易孤独。上大学那会儿,我不想活成别人眼中的样子,于是留了一头长发,抱着吉他逃课打游戏。长大后,才放下吉他剪了头发。但这时候更不想活成父母那样,结了婚又不爱对方,整天吵架又不离婚,工作了又天天抱怨,不爱现在的生活又不愿改变。

我想,所有吵架的根本原因是孤独,所有的孤独归根结底是不爱,只有爱是孤独的解药,真正相爱的人是不会孤独的。至于婚姻,我还不确定它是爱情的泻药还是补药。

刚上大学,我就知道了学校的男女比例是一比五——一个男生配备五个女孩子。于是那天晚上,我把自己想要找的女朋友标准写在了纸上:她必须是长发、南方人、大长腿、大胸、体贴、温柔、好学……我一口气在纸上写了十多个形容词,但后来才明白,当你遇到一个对的人时,所有的限制都是徒劳,因为爱能打破所有的枷锁，穿透一切限制。

在上课的第一天，我就认识了这一生最爱的人——刘宇甜。

我还记得第一次跟她说话时的场景：那是一个大教室，她坐在阶梯教室的第一排，我一进教室，就看到了她，就在那一瞬间，我卸下了所有铠甲，打乱了所有计划。她不仅短发，还戴个眼镜，其他的也都和自己曾经预想的完全不一样，和她对视的瞬间，我的心在怦怦跳。

我刚准备往教室后面溜，但最后还是决定把人生中第一次主动坐在教室第一排的经历奉献给她。

老师上课组织讨论时，我把头转向她，跟她聊起了天。

趁着下课，我又跟她多讲了两句话，感觉我的世界被颠倒了。

她的声音好听，笑起来像个孩子，话不多，我一讲话，她总能听得懂。

和她聊天的那天我差点儿失眠，激动地给程逸打了一晚上电话，其实，只告诉了他一件事：我喜欢上了一个姑娘。晚上回到宿舍，我把那张写满形容词的纸撕了个粉碎。

我们是大二正式在一起的。

那天我约她去图书馆，在路上，我拿出一本书，说，你能不能帮我一个忙啊？

她好奇地问:"什么忙?"

我从包里掏出本蓝皮的书,说,这本书能不能帮我保管一下?

其实我在书上写满了表白的话。

结果她直接装进了包里,看也没看,说:"好。"到了图书馆,我问宇甜,你不打开看看这本书吗?

她拿出书直接翻到了中间,一边看一边说:"怎么了?你送我贺卡了,还是书签?"

我走了过去,低下头,脸红成了猴屁股,小声地说,我喜欢你,做我女朋友好吗?

她捂着嘴笑了,然后很爽快地说:"好。"

后来我老跟她开玩笑说,早知道口头表达就可以,我就不在书里第一页写那么多情话了。我写了一晚上,差点儿把我累死,好在我文学素养高,要不然就得抄一晚上情话了。

当然,这本书已经被她收藏了起来,她说等以后我们分手时,她再还给我。

我说,那我一辈子都不要了。

和她在一起的日子简单、幸福,重要的是,在这座城市里,我不再感到孤单。

我一直觉得女孩子的成长比男孩子要快,所以最容易让女孩子生气的事情，是从自己爱的男孩子身上看不到未来。有些女孩子之所以喜欢大叔，不是因为大叔好看，是因为从大叔身上能感受到一种成熟男性的魅力。所以为了让她对我有信心，我戒掉了所有游戏，每天去图书馆看书。大学的后面几年，我过得很紧凑，白天我们一起上课，晚上我们一起去图书馆上自习，有时我们一起看电影，有时我们一起去图书馆，她看什么书，我也跟着看，看完再一起聊天。假期我们在一起实习，休息时我们在一起锻炼，一起参加社团，一起退出学生会……我们的大学四年过得很充实，因为我们的大学里，充满着"一起"。"一起"能打碎孤独，能让生活加速。

一起进步的感情，真的让人心旷神怡。恋爱不仅没有让我们颓废，相反，几乎每一学期，我们的成绩都在年级前五。

于是，毕业后，她跟我一样，决定留在北京。

她去了一家电视台当编辑，而我决定不进体制内，寻找一下还有没有其他的可能。我想趁着年轻，多尝试一些没有见过、没有做过的事情。

宇甜告诉我，只有共同进步的感情，才是长久的。我说，不对，只有一起赚钱的感情，才是长久的。

她狠狠踢了我一脚。

毕业后，学长们说，做婚庆主持赚的钱多。据说少的一场也能赚好几千，如果有了自己的"四大金刚"团队，一个团队一场婚礼能赚好几万。

于是我在网上看完了所有能找到的婚庆主持视频，买了书和光盘，背诵了许多主持稿。第一场就被新郎新娘夸了。我拿到钱后还特别高兴地说了句："下次结婚记得还找我。"说完我就后悔了，我在这儿瞎说什么呢。

我进入婚庆这一行，很快就有了自己的团队。我认识晓睿、郑直，又把程逸从山东请到了北京，我们虽然见证了无数婚礼，但就是办不起自己的。

我算过，一个简单的婚礼，少说也要几万，如果想要奢华一些，要十多万。我想，这就是为什么办婚礼一定要让所有朋友都来的原因，因为大家一起凑的份子钱，能给自己减少很多压力。

办一场婚礼需要的钱，对刚刚来北京的我们来说是个天文数字。

我想过裸婚，想过找父母要钱，想过不办婚礼，但我很清楚，女孩子这一生都希望自己做一回公主，站在万众瞩目的台上，被人掀起盖头，戴上钻戒，红着眼睛，微笑地说："我愿意。"

我问过宇甜想要什么样的婚礼，她说："我想要简单的、白色的就好。我就有一个要求，不准你来主持。"

我说，那不是废话吗，我主持不就成你和别人的婚礼了吗？

我们毕业后，没有像其他大学情侣一样分手，而是两个人租了一个很小的一居室，我们前几个月的工资几乎全拿来交了房租。我回家比她晚，她总是在我到家后给我做我最爱吃的荠菜饺子，还有一天不吃就馋得慌的酸汤面。

我们过得清苦，但是踏实幸福。我曾经在书里看到过一段话：如果在错误的时间遇见了对的人，应该怎么办？答案很简单，那么，我去你妈的！我一定要和她在一起，因为我只有一次青春。

既然选择了宇甜，爬，我也要为她爬出一条路。

她很爱我，住在一起的第一年里，我吃了一年她给我包的荠菜饺子，差点儿把自己吃成荠菜色的脸。

我们一直很努力，三年里，我起早贪黑，什么活儿都接，时常累到筋疲力尽，但只要回到家，吃上一顿她做的饭，疲惫就会烟消云散，心里也很踏实。

每次看到银行卡里的存款多了一些，都会非常欣慰，那些数字就是我前进的动力。

慢慢地，我们可以下得起馆子了，我也终于不用只吃荠菜饺子和酸汤面了。

逐渐，我们的房子从一居室变成了两居室，我们开始有点儿闲钱去办健身卡、上外语课、去国外旅行。

都说二人世界是甜蜜的，我们准备在两个人的世界里大展宏图，惊涛骇浪。宇甜在一个晚上，认真地跟我说："老公，我们两个人的生活开始快一个月了，我想告诉你，今天，终于结束了！"

我说为什么，我们没钱了吗？

她说："不是。"她轻轻拍了拍肚子，"我怀孕了。"

我一屁股坐在了地上。

2.

怀孕是一个女孩变成女人最重要的转变时刻，也是一个男人最重要的转变时刻。

我记得那天她看到验孕棒上是两杠时，严肃地问我，要不要当爸爸。

我告诉她，我可以不当爸爸，但我要当你的丈夫，一辈子的那种。

宇甜说："那你还没有向我求婚呢。"

于是我跪在了地上，向她求了婚。

这个求婚，没有香槟、鲜花、灯光，没有感人的词语和华丽的句子，甚至戒指也是之后补上的，但当我问到"你愿意嫁给我吗"时，她依旧哭得稀里哗啦，说："我愿意。"

我终于等到了今天。但这一天来得猝不及防，措手不及。

就这样，我们结束了七年的爱情长跑，进入了婚姻的殿堂。

我们没有办婚礼，一是没有时间，二是没有钱。我对她说，等我有了点儿积蓄，再给你办一个大婚礼——比他们的都厉害的婚礼。她说，她就想要一场简单的婚礼，越简单的婚礼，感情越真。

的确，做这个行业久了，见证了无数的婚礼，明白了过多的外在奢华，往往带来的是内在的崩塌。我见过太多不靠谱的婚礼，见过太多人情冷暖、虚情假意，看见了利益优先的炫耀，太明白许多海誓山盟前脚刚说，后脚就可以忘得一干二净。

简单，才是婚姻的真相。

我曾经在一本书里看到过：婚姻是从内到外的辐射，不是从外到内的炫耀。

其实暂时不办婚礼压力是很大的，因为宇甜的父亲很希望办一场大型的，让全世界的人知道，自己的女儿嫁了出去。

但宇甜同意，先度过生存期，再谈浪漫。她告诉我不用担心，她去和爸爸妈妈说。

和她在一起的日子里,她一直同意我的话,觉得我说什么都是对的,哪怕我说的明明是错的,她依然在我的身边,支持着我。

娶她,是我的荣幸。

我在年纪尚小的时候,也想过做一个不婚主义者,看看这座城市超高的离婚率和超低的结婚率,看看父母想离婚却因为社会、环境因素不敢离的样子,真厌。

我心想,我永远不能活成这样。

我也经常思考,自己到底要不要结婚。前几年,我还说过家乡那帮同学:你们就是太无聊,才想要结婚。

但长大后懂了,因为爱情拥有的婚姻是美好的。

很快,她的小腹开始隆起,我肩膀上的担子也开始重了起来。

怀孕初期,宇甜总容易疲倦,书里说是因为怀孕时激素的改变,造成体力和精力的损失。书里还说,当女人生了孩子后,体内的某些激素会迅速下降,这种下降带来的后果,男生往往受不了。

为此,我读了好多书,为她制订了许多计划。

我肩负起买菜做饭的任务,计划按照书上写的食谱,无论多忙,每天至少给她做一顿饭。

但事与愿违,回到家,我总能吃上她做的荠菜饺子和酸汤面。她说她自己也喜欢吃这些,尤其是这段日子,吃点儿酸的自己能舒服些。她说，也不是给我做的，说完就把饭端给了我。

工作压力大时，每天最高兴的事情就是和宇甜一边看电视，一边吃着饭，我摸着她的肚子，听着宝贝的声音，感受着宝贝在肚子里，一天天地长大。

我的父亲告诉我，只有自己当了父亲，一个男孩才真正变成了男人。因为我明白了什么是成长，也学会了担当。

父亲和母亲都是大学老师，他们时常告诉我要多读书，书中有很多前人总结的智慧；他们还告诉我要多赚钱，只有赚够了钱，才能谈理想，才能让家人感到平安。

父亲说，无论自己跟妈妈关系怎么样，至少从来没让妈妈担心过家里没钱花。

我能懂父亲的用心良苦，毕竟他是过来人。

我和母亲能有今天物质上的幸福生活，全靠的是他。

但为精神生活的付出，我一定要超过他，至少我是这么要求自己的。

我开始接更多的活儿，赚奶粉钱，成了我的第一要务。

原来公司给我派活儿的时候，我是会看新郎新娘的，没有感觉、没有素质、二婚什么的我都不接。做这一行久了，三分钟就能看出这对新人可以走多远，走不远的，我不接，我怕自己打自己的脸。

但现在不一样，我着急用钱，我知道孩子出生后，又是一笔巨大的开支，男人必须抗住这样的压力，宇甜已经跟着我吃了好几年的苦了，孩子不能再这样过自己的一生，于是，我不再挑挑拣拣了，什么活儿都接。

这一下子，我的体力开始透支，精力开始到达极限。

其实做婚庆这一行，如果你决定打开自己，能力又不太差的话，一定会累到体无完肤。

不仅没有周末，可能连周一到周五都会被占满。

每个周末，都有人在结婚，最有趣的是，近几年许多工作竟然是周末上班，周一到周五休息，比如玩儿乐队的，比如培训学校的员工，所以周一到周五，我也能接到活儿。虽然这些年在年轻人群体里单身成了一种风潮，但总有人要结婚，只要有人结婚，就有新娘想要一场不一样的婚礼。虽然她们并不知道，每个人的婚礼都大同小异，每个人都是普通人。

我和宇甜看过一部电影名叫《血钻》，讲的是每一颗钻石的背后不是爱情，而是那些穷人流的血。看完后的几天，我俩久久不能平静，她告诉我，我们结婚不要买钻石好吗？但结婚后，她还是跟我说，就要一颗小的，应该没事儿吧。我也跟着说，是啊，没事儿的。

我们都是普通人，人到一定年纪，都容易被世俗化，都容易意识到自己的软弱，都容易意识到自己对这个世界的无能为力。

做这一行久了，逐渐学会了丢掉脾气，慢慢懂得了客户是上帝，跟谁作对，也别跟钱为敌。他们要什么，我们就尽量满足什么。

那是一个周五，我们已经为这对新人准备了许多方案和物料，我甚至为他们量身定制了主持稿。他们的要求很多，好在，我们终于在婚礼前两天准备完毕。

谁也没想到新郎来到公司，说要退费。所有退费都是从一方颓废开始，不是我们颓废，那就必然是他了。

顾问是在另一间办公室接待他的，聊了两句，新郎大发雷霆，说起了脏话，直接把顾问骂哭了。

我一个箭步冲了进去，在房间里，新郎依旧大骂着，他情绪完全失控，不知道在抱怨着什么。一个大男人，把女孩子骂哭了，有理也没理了。

顾问很委屈，说："这哥们儿疯了。"

新郎喊："这婚结了才疯了。"

我把顾问拉到身旁，小声问为什么要退费。结果，新郎大喊："你管得着吗？退费是我的基本权利，结婚也是！"

我说，是的，但我们没有义务给你免费干活儿。您退可以，不能退全部，因为我们物料都买了，场地费用也交了，时间也花了，新娘要求的细节，我们都是完全按照要求做的，成本必须您付。

新郎炸了："实话告诉你，我们不准备结婚了，所以这个钱不能光我出。我们没关系了，女方也要出。"

我拿出合同，说我们不管女生有什么事，我们是跟你签的合同，所以这个钱要从你的押金里扣，你和她的钱，你们自己分。

"所以就是不能退了呗？"

不能全退，我说。

新郎想了想，说了一句差点儿炸死我的话："那我问你，可不可以换新娘？"

我愣住了，但我还是本着赚钱为上的原则，说，可以，但时间不能变，场地不能变，要求也来不及改……"四大金刚"也不能换。

新郎看了眼手机，说："好，不退，但我换新娘。你们把请柬给我改了。"

我看了顾问一眼，顾问点点头。

我说，好。

新郎拿上包和西装上衣，转身离开，说："后天中午，按原计划进行。"

我也转身离开，走之前拍了拍顾问的肩膀，说，记得给我加工资。

3.

郑直曾说他入行这些年，发现了一个规律：办室外婚礼的人，但凡对"四大金刚"不好，婚礼当天一定会下雨。当然，这话要是被程逸听到，又要被他批评迷信了。

不过那天，果然下起了倾盆大雨，我一边回想他们怎么对我们不好了，一边赶紧跟新郎家人确认婚礼是否要改成室内进行。

新郎很自信，说："不用。"

时间到了中午，婚礼开始，十桌客人的席位零零散散来了三十来人，分别坐在不同的桌子上。有一桌只有一个人，好像想一个人吃完那一桌菜。

新郎把所有人赶到前三桌密集地坐好，示意我开始。我跟晓睿说，让他把麦克风里的电池拿出来，我声音大一点儿就好，因为我害怕在下雨的时候用话筒被电死。

新娘穿着一身不合身的婚纱出现在了我面前，程逸刚给她化完了妆，就被雨水打湿了。她带着满脸的晕妆走到我面前，问："老师,这样可以吗?"

我说,你美极了。心里不由得感叹,好一出狸猫换太子,婚前换爱妻。

我顺口问了问新娘的名字,把新娘的名字写在我的主持卡片上。

婚礼开始,所有工作人员都看着我。他们知道,每次遇到这种荒谬的情况,只有我能顺利找到突破口。

当然,也只有我能做到,我去掉了所有为前任量身定制的主持稿,用最简单庄重的语言,完成了这次复杂戏谑的婚礼。虽然现场只来了三桌客人,但在优美的音乐背景下和我抒情的讲述中,还是有人流下了眼泪。入行这么久,我一直不知道为什么这么多人要在婚礼上哭,尤其是一些连份子钱都不随的人,这是在哭给谁看呢?

大雨中,没有双方父母的参与仪式,没有迎亲抢新娘、敬茶改口这些环节,也没有双方的发言,只有简单地交换戒指和新郎新娘向宾客们敬酒,一场婚礼顺利结束。新郎说,他很满意,这是他结过的最好的一次婚。

新郎最终支付了尾款,我们拿到了我们该拿的费用,所有人都松了口气。

婚礼后，发生了两件事：第一件，是我明白了这中间到底发生了什么——新郎同时谈了两个女朋友，据说他对两个人都求了婚，甚至跟两个女孩子都说过对方的存在，并承诺，谁对他好，就把这个婚礼送给谁。

显然，他选中的，是我们最开始见过的女孩。

但在这两人的婚礼前，另一位姑娘告诉他，自己怀孕了，如果不娶她，就去把这事告诉他们单位的领导。

新郎是一家国企单位的中层干部，最近正好又有升职压力，好几个同级的同事对这个职位虎视眈眈，而生活作风不检的结果必然会让他败下阵来，于是他选择了这个女孩子，抛弃了他一开始选择的那位。

据说几周后，被他抛弃的女孩子给他单位领导送了封举报信，说他生活作风不检点，最后他没有得到升迁，反而被开除了。

好一出黑色幽默、人间喜剧。

事后，晓睿问程逸，那场大雨是不是上天在告诉那笨蛋没有爱情的婚姻注定是悲剧。

程逸说《圣经》里没这么说过，他只知道下雨是云彩的聚集变成了雨滴。

但我就是在那天明白，再奢华的婚姻，没有爱情做内核，最终都是一场悲剧。好在我们拿到了我们该拿的钱，这点就够了。

第二件事情，是我终于严重透支了我的身体，在大雨之后，发了高烧。

宇甜送我去医院时，还在调侃我，说："这种婚礼你都接，还说那么浪漫的话，这都是上天对你的惩罚。"

我笑了笑，捏了捏她的手。医生说我是急性肺炎，至少要休息两周。我连忙问医生，如果我休息得好，周末可不可以继续上班，周末的活儿多。

医生说我疯了，如果想快点儿参加自己的葬礼，就抓紧赚钱。

宇甜也狠狠地踢了我一脚，让我别再想加班的事情。她把我接回家，悉心照料，她说我太累了，要好好休息。

她陪在我身边，承担起了做饭和做家务的事情。她终于不再给我做荠菜饺子和酸汤面了，她开始给我炖鸡汤、煮鱼，喂我吃药、喝水。

睡觉前，她还告诉我："如果太累，等你好点儿了，就找个地方休息、度假。"

她还说："家里的钱够花就好。再不行我来养你，我厉害。"

我说，好的，就这么定了，你来养我，我混吃等死。

生病期间，她把我照顾得很好，她一直这样，把所有的热血都放在了别人身上。

一周后，我的病好了。

宇甜却发起了高烧。

医生把我的病诊断得非常详细，却唯独没告诉我，这个病会传染。我气得准备打电话投诉这家医院，宇甜告诉我，医生跟她说了会传染，但她自己想离我近些，这样能给我力量。

我跟她讲，这次换我照顾她，就算病了，我也不怕。她笑了笑说："你不会再病了，因为你有抗体了，学过生物吗？"

我说，我学的是文科，文科里有地理，这医生无论跑到哪儿，我都把他抓回来传染给他。

宇甜笑了，但我一摸，她身体发烫得厉害。

我的心一下子悬在了半空，因为孕妇生病是最要命的。孕妇没法儿吃药，药物虽能治病，但药物同时会影响肚子里面孩子的成长。

我脑子里忽然多了一句"保大还是保小"的台词，于是我坚持让她吃药，但她坚持不肯，我就吼出来了，我要保大。

她说："你有病吗？"她怕吃药影响到孩子，于是只肯喝热水，她说："我坚持喝三天水，如果烧不退，我就吃药。"

我点头赞同，接下来的日子里，我给她炖鸡汤、做鱼，但我真的不会做饭，炖鸡汤时把汤烧干了，做鱼时把皮煎煳了，倒了半瓶酱油发现菜的颜色都没变，结果一看，放的是醋。

于是，我一边学，一边给她准备每一顿饭。

她每次都是咬着后槽牙说："真好吃。"

我后来忍不住了，问她，你说实话，到底怎么样。她说："吃不死就行。"

在她休息前我给她讲故事，讲着讲着，我自己先睡着了。

人到中年，最怕的就是生病，因为每次生病都能感觉到自己的无助和无能，感觉到岁月的穿梭和穿越。

她生病的时候很嗜睡，有时候也叫不醒。

我起了床，时常站在阳台上，俯瞰这座城市：城市里人来车往，川流不息。多少人都在这座城市里，孤单着，想起我们俩从默默无闻，到有所成绩，现在又组建了属于自己的家庭。

一晃，不知不觉，自己都要当爸爸了，真是期待又恐惧。

郑直说孩子在头两年的时候最可怕，因为不知道怎么跟他交流，不知道如何照顾好他。女人有产后抑郁症，男人有收入焦虑症。他们说上幼儿园要一大笔钱，上学从私立小学就开始竞争，许多小学还要考父母，看父母是不是在国外留过学。就算赢了小学，还有中考和高考。人们说，一个中学生有五千词汇量在美国生活是够了，但在海淀是不够的。何况，海淀的学区房一平方米要十多万元，生活成本也高得吓人，每次想到这儿，再看看这座城市，我就开始犯困了，告诉自己要不多睡一会儿。

但我很期待当爸爸的感觉，每次只要感受到新生命的来临，都会想要从被窝里爬起来，多去赚点儿钱。

宇甜总希望我给她讲故事哄她睡觉，于是那天，我跟宇甜说，等孩子出生，我来亲自策划一场只属于我们的婚礼。婚礼会在悬崖边举办，悬崖下是一望无际的大海，天空中飞翔着鸟儿，悬崖边有各种各样的花草树木，我牵着你的手缓缓地走在通往幸福的路上，孩子来托住你的婚纱，陪你走到我的身边。

宇甜笑了笑说："记得，简单、白色就好。"

宇甜的病好得很快，可能是由于她免疫力好，也可能是因为我照顾得好，但她告诉我，是因为我的黑暗料理实现了以毒攻毒。

无论如何，宇甜没吃药，她的力气和精力都回来了，她康复了。

我继续回到了工作岗位，为孩子的诞生做金钱上的准备。

但这次生病后，她发生了一些变化。

我记得之前，我们也会吵架、拌嘴，但从来没有这么频繁，可是这一回，她跟我吵架的频率很高，高到我无法招架。

我一回到家，就遭到不停的攻击——

"你怎么不洗碗？"

"前些日子我病了，你洗个碗会怎么样？"

"衣服也不洗吗？"

"我是欠你的吗？"

"生病也要给你洗衣服啊？"

"谢谢你给我做的鸡汤，但是不是要把锅处理一下啊？"

"我知道你洗了，但你看看这锅里的油，都可以拿来做肥皂了。"

"今天我来做饭吧，病刚好我就来做饭，我是欠你的吧……"

我当然不会还嘴，因为我从书里读到过，女人在怀孕的时候会分泌大量与妊娠相关的激素，书里说，这些激素会让准妈妈产生各种紧张、焦虑、愤怒的表现。

这些都是正常的。

所以，但凡她愤怒，我都不说话，只是蹭过去，搂住她，冲她笑笑。

能拥抱就别吵架，生命短暂，要去爱，要去依偎。

她很可爱，无论生多大的气，只要我拥抱她、吻她就能高兴起来。

有一次她说："我觉得我们没必要相爱了，我们分开也挺好。"

我认真地跟她说，没有人能单独生存，我们必须相爱，否则我们就会死亡。说完这句话我很惊讶，我竟然说出这么厉害的句子，得赶紧拿笔记下来。

我想起，跟她刚刚在一起的时候，她也是这样，喜欢耍点儿小脾气。当时，每次她脾气变得很糟糕时，我就知道她生理期了，于是我要么不说话，要么说点儿笑话，最好的方法，就是拥抱和亲吻。等她好了，都会笑着来跟我道歉，说："对不起，我不是这个意思。"

我当然知道这不是她本意，女人是情绪动物，男人却讲究理性，最可怕的是女人跟你说理，男人跟你讲情，女人在这个时代的压力，一点儿不比男人小，她们不跟自己最爱的人发发脾气，难道要跟老板耍赖吗？

那天我回到家，她又因为一件什么事情生气了，噘着嘴，在厨房给我下荠菜饺子。

我走了过去，从后面抱住了正在喋喋不休的她，她推了我几下，我抱得更紧了。她撒不开我，忽然哭了，她关了火，转过身，也抱着我，说："我知道，怀孕会变丑的，皮肤也会变差的，到时候，你还会爱我吗？"

我说，无论你变成什么样，你都是我最爱的女人，还说，当然你美一点儿更好。

她打了我一下，继续问："那我是最美的吗？"

我说，那哪儿止最美的，谁敢比你美，那都得去死。

她揉了揉眼睛，说："那你发誓。"

我说，我发誓。刚发完，她把我赶出了厨房。

那天晚上，我们吃的是猪肉白菜的饺子，她说这是犒劳我会说话。

吃完饭，她又问我是不是最美的，我说我考虑考虑。

她把我从客厅追到卧室，然后骑在我身上掐我肚子上的肉。我赶紧求饶，说你是最美的，我是最丑的。

我们闹累了，便一起躺在了床上，她瞪着大眼睛，问我："艾奇，你说，我们的孩子是男孩还是女孩啊？"

我想都没想，说，当然是女孩。

她问："为什么啊？"

我说，女孩是爸爸上辈子的情人，是爸爸的小棉袄，我要把她捧在手心里。

她有些不开心，说："如果是女孩，那你不准只爱她，我不喜欢爱被夺走的感觉。"

我说，那我就不爱女儿了，女儿嘛，哼，附属品而已，能比得上老婆吗？

她说："那也不行，要都爱。"

说完，她躺在我的怀里，把下巴顶在我的肚子上，说："老公，我不希望你太累。"

我摸了摸她的头，说，我不会太累的，有你在，我很幸福，今天的饺子好好吃。

她躺在我身上，很快睡着了。其实，我真的很幸福。

我不觉得累，因为我的累是为了宇甜，是有意义的。因为有了她，我的努力，有了一个持久的意义。

我时常会在结束工作回家的路上，累到不想说话，但只要想起和宇甜从认识到结婚的时光，总会觉得这世界不像是真的，那白云和蓝天，像是在身边围绕着我们，像一幅画。而我像在做梦那样，在梦里，有各种各样的宠物围绕在我们身旁。

程逸说，这是因为上帝爱我。

但我想说，我也要爱这个世界，爱这个家，爱宇甜，爱这个愿意奋斗的自己。

就这样，我继续接各种活儿，我看到卡里的钱越来越多，我看到宇甜的肚子越来越大，那一天离我越来越近。

但我也看到了，宇甜脸上的笑容，越来越少。

4.

书里说，自然界中有好多动物都是先冲突再相爱，比如有一种蜘蛛，它们交配的时候，雌性蜘蛛先用双腭插进雄性蜘蛛的身体，固定住它，再做爱繁殖；再比如一种叫蠓的飞虫，它们在相爱前，雌性先要杀死雄性，并吃掉，只留下生殖器，才能完成交配和生殖；还有犀牛，它们在相爱前，先野蛮冲撞，厮杀一番，充分搏斗后，才会相爱；据说同样先相杀后相爱的，还有一种叫陆龟的乌龟，还有螳螂，还有……还有宇甜。

不知从什么时候开始，宇甜对我的攻击开始变本加厉，让我有些无法容忍，我甚至觉得，她说的每句话都是在攻击我。

我时常因为加班而饥肠辘辘地回到家，她也没给我做饭。

我理解她没有给我做饭的原因，越到怀孕后期情绪越糟糕，她走路越吃力，身体越重，行动越不方便，于是我自己走进厨房做饭。

她抱怨我回来没有跟她打招呼，吵了起来。

我在吃饭时处理工作，她抱怨我为什么吃饭时看手机，吵了起来。

我晚上有应酬，回到家她抱怨我为什么这么晚回来，吵了起来。

我不记得那天我是怎么跟她吵起来的，许多看起来顶破天的夫妻矛盾，其实都是些鸡毛蒜皮的小事引发的。

总之，那天我觉得自己钻心地累，一受到她的攻击，我的情绪忽然爆炸了。

我喊了出来：能少说两句吗？我这么累还不都是为了这个家，你有什么好指责的？

她一看我发脾气了，也立刻进入了备战状态。

那天，我没有控制好自己的情绪，也发飙了。

我记得那是一个很黑的晚上，天黑到看不见路灯，黑暗吞噬了整个世界，我们吵到把桌子上的杯子、瓶子和碗都摔到了地上。

我问她想怎么样。

她一边摔，一边冲着我喊："我要跟你离婚！"

她正在气头上，显然口不择言，她说："你根本不爱我，这日子没法过了！"

我说，不想跟我过，你就回你自己的家。

说完，我夺门而出，把门重重地关上了。一阵巨响从三楼散播到了小区里，弹到了马路上，飘到了很远的地方。

我不知道自己闷着头走了多远，我只知道，我走了很长时间，走到走不动时，我依旧没有看表，没有看路，只是抬头看了眼月光，看了看那昏黄的路灯，看了会儿无人的街头。

我知道我要抽上一根烟才能平静。我走到小卖部，买了一包中南海。我撕开烟盒，拿出一根烟，点燃后，对着月光，吐出一个烟圈。

我看见烟圈冲着月亮飞了过去，烟圈越来越大，直到散去，直到谁也看不见，直到无影无踪。

我看见月光有一些模糊，像是被乌云挡住，像是没有了光。

我连续吐了好几个烟圈，直到抽完这根烟，仿佛清醒了很多。

我深吸一口气，走到一面镜子边，看到了自己颓废的样子，突然一个声音在耳边响起，震耳欲聋，跟我说：天哪，艾奇，你竟然被情绪控制成这样！我简直不敢相信我的耳朵，你怎么能说出这样的话，你知道她现在挺着大肚子吗？你知道她现在行动不便吗？你怎么能忍心让她一个人回家呢？你这个男人怎么当的？这是男人说的话吗？

我被这一连串的问题问蒙了，如梦方醒，瞬间想明白了好多事。

我从镜子前折返，冲刺跑回家，在路上，我的心怦怦跳着，一个声音一直在心里徘徊：老婆我错了，我真的错了，我是累着了，才说了这么重的话。

你千万不要回家，这里才是你的家，有我在的地方，才是你的家，有你的地方，才是我的家。

我马上到家。

5.

那天晚上的月亮很奇怪，忽大忽小、忽明忽暗、忽圆忽缺。

好在，我及时赶回了家，我用钥匙扭开了门，打开门的瞬间，叹了口气。

宇甜这家伙还在噘着嘴收拾着行李。

我笑了笑，走了过去，抱住了她。

她一边推我，一边生着气："你不要跟我说话，不要碰我。我要回家！"

我不停地给她道歉，抚摸她的臂膀，拍着她的后背，亲吻着她的额头，不知道过了多久，她生气地坐在沙发上，我刚准备坐在一旁，她说："你不准坐，你犯错了，罚你站在那儿。"

我屁颠屁颠地站了过去，笔直。许久，她问我刚才干吗去了。我说，在楼下抽了根烟。

她让我把烟交出来，说谁让你学会抽烟的，我掏了半天，却找不到那包烟。可能是刚刚跑得太快，丢在了路上。

她哭了，说："你再也不能这样了，我会伤心的。"

那天我拥着她，很快就睡着了。我隐约记得天快亮时接了几通电话，在梦里我好像去了趟医院。医院里人山人海，要么是眼泪，要么是伤病，要么是绝望，要么是死亡。我从梦里惊醒，宇甜翻了个身，她背对着我，我从后面抱紧了她，心想，活着真好，只要彼此还有生命，就应该好好相爱，就应该拥抱，就应该亲吻。

她踢了我一脚，并没有什么感觉，说："别碰我，睡着呢。"

记得医生说，我们的孩子预产期是 7 月 31 日，算上今天，还剩下整整两个月。这两个月，我还能多接几场婚礼，多接一些配音，多给孩子赚一些奶粉钱。

我记得，那一天，是 5 月 31 日，离我媳妇儿预产期剩下整整两个月。

那天，下了场雨，我有些记不清新娘和新郎的面孔，这几个月来主持了太多婚礼，每对夫妻要的东西都一样，说的话也差不多，谁能记得每个人呢？

这个面目模糊的世界，每个人看似都有着独特的个性，实际上一模一样。

主持结束后，他们说我卡壳了，要求退费，可能是因为头天晚上和宇甜吵架太伤精力的缘故，我是有些恍惚，但绝对没有卡壳。

我把那天的收入退了回去，还额外匀了一份给郑直，因为他有孩子要养，有生活要谋，中年男人不易，有孩子有家庭，没事业没梦想。后来我干脆把所有人的钱都打了过去，谁叫我们是"四大金刚"呢？

我浑浑噩噩地回到家，看见宇甜的肚子又大了一些，桌子上还是我喜欢吃的荠菜馅饺子和一碗酸汤面。灯光把她照得很亮，我看着她头上的汗珠，心疼得直掉眼泪。她说："你最近是不是太累了？"我说，老婆，你才是那个太累的人，我希望你幸福，只要你幸福我就开心。

我把面一口一口塞进嘴里，我看见她在笑，好像在说："跟你在一起，就很幸福啊。"

其实直到今天，我都很后悔那天晚上跟宇甜吵架差点儿把她气走，好男人就不应该让亲爱的女人流眼泪，好在我及时回来，弥补了错误。

书里说，很多夫妻经常吵架，还有些当着孩子的面吵架，吵到丈夫泪流满面，吵到妻离子散，但吵完架，彼此都不太记得为什么吵成了这样。有些只是因为马桶盖没放下，家务活谁做得多，谁出门又慢了，谁回家又晚了。其实这些都可以通过很简单的沟通和拥抱解决，但我们总喜欢用最激烈的情绪表达，伤害最亲的人，到头来却后悔莫及。

书里说得很对，如果只是为了吵架，我们为什么要结婚呢？我经常跟郑直分享这些话，现在也要跟自己说了。

郑直总是说，年纪越大，经历越多，活得越明白，越后悔结婚。所以他比我更过分，在家里，连架都不吵，遇到矛盾就逃离家庭，天天出差不回家，还跟我说适当地离开家，有利于夫妻之间的感情。

这个理论，真的是让我哑口无言，但又找不到反驳的理由。但他出差次数太多，走着走着，老婆竟然差点儿跟他离婚。好在我跟他聊完后，他的生活有了很大变化。

据说现在准备要二胎了，这家伙。

前些日子他给我发微信，说自己从来没有这么踏实过，有个家做靠山，他能更好地飞翔。我记得一本书上说过：好的婚姻能提高人的幸福感，甚至能增加人的寿命，这是有科学依据的。

这些日子，只要在一起工作，他就经常给我分享养娃的心得，应该买什么，不应该买什么，孩子需要什么，孩子哭意味着什么。每次听完他的分享，我都会顺便在楼下买一堆婴儿用品，我越来越期待这个小生命的到来。

孩子是未来的希望，是我和宇甜生命的延续，是我们基因的传承，如果这个孩子出生，我希望她的名字叫作艾甜，我们俩的名字中各取一个字，象征着男女平等，象征着我和她的爱有了结果，还有这个谐音是爱甜，爱我家宇甜，我真是太聪明了。

我朝思暮想的艾甜啊，什么时候我们才能见上一面？

7月31日那天，我起了个大早，我要迎接艾甜的到来。

我很早到了医院，在产房门口，我听到了孩子的啼哭，我听到了医生说母女平安；我看见了一丝阳光，我看见了新生命的到来；我看见了产房里宇甜喘着粗气，疲倦地冲着我笑了笑；我看见宇甜身旁，有一个小生命，在啼哭着。

那天，我发了条朋友圈：7月31日，艾甜出生，女孩子，七斤，母女平安。

他们疯狂地给我点赞，一瞬间，我的电话快炸了。

他们不停地给我打电话，说什么时候能见见这个小生命。

我说，孩子太小，容易染上细菌，等她稍微大一些吧。

他们不停地追问，什么时候能看到啊。

我说，再等等，别着急。

我比他们更想看到这个孩子长大，听到她叫我爸爸，看到她亭亭玉立，看到她长大成人，看到她结婚生子。她要在我的保护下，成为最幸福的女孩儿、最美丽的女孩儿。

但现在，我更想看到的，是我最爱的宇甜能尽快地恢复。

医生说她胎位不正，不能顺产，于是挨了一刀，剖宫产生下了艾甜。宇甜很勇敢、很坚强，她是个伟大的母亲、伟大的妻子，我爱她。

我很开心，开心到不能自已。

医生让我回家休息一下，说我过于兴奋，让我不要太劳累，明天一早用更饱满的精神见到她们母女。可是我不想这么快睡觉，两个人才叫睡觉，一个人只能叫休息。

医生说你别臭贫了，赶紧回去休息吧，你的眼皮已经开始打架了。

好吧，我要理智一些，我回家睡一觉，明天一早我就过来。医生，拜托你照顾了。

那天，我梦到了好多事情，无数的好梦、噩梦交织在脑海里。我梦到了我的宠物，变成了一条水蛇，紧紧缠住了我，它张开血盆大口，把我吞进了它的肚子中。我在它的肚子里，拼命地爬啊爬，直到看到了一丝光亮。我顺着光亮走了出来，阳光照在了我的眼睛上，我抬头直视着阳光，阳光里面，竟然一片黑暗。忽然，我醒了。我下了床，一个人去了月子中心，看到了宇甜和孩子，孩子睡得正香。

宇甜看我来了，露出了微笑，我走了过去，亲吻了一下宇甜的额头。她躺在床上抓住了我的胳膊,我觉得世界是那么明亮,阳光照着我的脸庞,我再也看不到梦中的那片黑暗了。

有了艾甜后,日子变得更不一样了,除了工作需要更加努力,生活也有了更多意义。

每次在劳累到不行的时候,只要看到、想到她的眼睛,就觉得世界都是单纯的,明天都是美好的。孩子的目光里,总有那个单纯美好的世界,那个我们再也回不去的世界。

我多么希望她赶紧长大,能跟我一起玩耍。但我又多希望她不要长大,因为一旦她长大,我就老了。

谁也没有办法打败时光,但孩子能把我们的基因和故事带进时光里,带到更远的地方。我还没跟宇甜说,我想让她给艾甜生个弟弟,这样如果有一天我们都不在了,他们可以相互照应,相互依偎。我们这一代没有兄弟姐妹,他们这一代,一定要比我们幸福,我可不想看见她这么孤单。

我都能想象,如果我跟宇甜这么说,她一定会说:"要生你去生,老娘生不动。"

我也想生,这不是功能不齐全嘛。

在好的婚姻里,人会成长得很快,起初有些不懂的事情,慢慢也明白了。我时常把我懂得的这些事情分享给身边的人。

比如晓睿，谁也没想到，他竟然也能结婚。

他曾经告诉过我，这辈子最怕的三件事：怕自己跟父亲一样，怕自己找一个跟母亲一样的女人，怕孩子过得像自己小时候那样。

我们都以为他是个浪子，一生不会跟别人结婚，但世界就是这么有趣，他和玛丽领证的那天，给我打了个电话，我差点儿哭了。

他说我对他影响很大，我说，你才是那个让我感动的人。

我记得他们结婚那年，每一天都是晴天，每一天都没有雾霾，北京的天，晴空万里，一切都是那么美好。

我还记得那个暑假，晓睿跟我一起接了一个活儿，他把我叫到一旁，说："奇哥，我给你讲个事，你不要惊讶。"

我说，好的，我不惊讶。

他看了看周围，小声地跟我说："我要当爸爸了。"

我刚准备恭喜，但一想这家伙不会又乱搞了吧，我惊讶地问，妈妈是谁？

他说："废话，还能是谁？"

我呼出了一口长气，说，好，该多少份子钱，一分都不少。

他笑了笑说："不会少，放心。"

6.

每个孩子的出生,都代表着希望,个人的希望、家族的希望、人类的希望。

虽然我从晓睿眼睛里,看不见一丝希望,我看到的,更多的是一个男人的焦虑。我知道他没有存款,没有准备,甚至从未想过自己还能当爸爸。

所以,我们在医院等玛丽生产时,晓睿尴尬地笑了笑,挠着头说:"保护措施做得挺好的,我也没想到。"又说:"现在,假冒伪劣产品特别多。"

我说,是的,原来我们院子里还有人喝农药自杀,最后活下来了。

他说:"今天迎接新生命到来,你能不能不要说死啊死的。"

我说,那你能不能不要说假啊假的。孩子来了,就要做好爸爸的准备,这是上天给你的恩赐。

他瞪了我一眼,说:"是程逸影响你了吗?你也开始上天、上天的了……"

我们继续等着,孩子如期落入了这个世界,他在医院的床上哇哇啼哭,是个男孩。三个小时的努力,玛丽顺产。她疲倦地躺在床上，汗水打湿了她的头发。

我们见到她时，她还有力气跟我开玩笑，说："哥，咱们定个娃娃亲不？"

晓睿"扑哧"一声笑了，说："哥，你要不同意，我就让我儿子追你家艾甜。"

我笑了笑，说，那咱俩这关系不得变复杂了？

他学着电影里的台词说："没关系，咱们单说，我叫你哥，你叫我亲家爹。"

合着我还得多叫你声爹。

"哎！"他赶紧答应了一声。

孩子在一旁哇哇哭，我们在一边哈哈笑。

忽然电话响了，是郑直打来的，他问我情况，我说一切都好。

郑直问可不可以来看看，晓睿接过电话，说："再等等，现在孩子太小，容易细菌感染，等他长大一些再来。"

说完挂了电话，冲着我笑了笑，说："跟你学的。"

我也笑了笑，看着这小生命，我忽然想到很多完全没有关系的事情，像是梦，像是现实，像是太阳，像是黑暗，像是宠物，又像是野兽。

我被晓睿的声音打断，"哥，什么时候让我这未来的公公见见艾甜啊。"又说:"这都一年了,也不给见见,干吗呢,藏着自己玩儿?"

玛丽在一旁,说:"是啊,也好久没嫂子的消息了。"

晓睿又说:"我作为你未来的亲家爹,正式警告你,不要再金屋藏娇了啊。别拖了,就下周,我们啊,一起去看看,也交流一下带娃心得。"

我笑了笑,说,好,你说啥就是啥,今天你最大。

玛丽说:"我也想见见我未来的儿媳妇儿。"

"你就歇息着吧。"我俩几乎是异口同声地说出了这句话。

玛丽噘着嘴,说:"好吧,那我要吃好的。"

那天的阳光很暖,回家的路上,我想起刚刚落地的生命,阳光从车窗折射到我的脸上,进入我的眼睛。我吹着口哨慢慢地行驶在三环路上,很有趣,那天竟然没有堵车,我忽然想去郊外转转,好久没有让导航开个小差。难得高兴,于是,我开着车上了京承高速。我狠狠踩了下油门,车飞驰在高速上,我看见了不远处的山和天上的云,我听见了一些片段的音乐和风声,我看见路两旁的柳树朝着我招手,我看见路的前方有好多娃娃般的笑脸。

我记得那天晚上,程逸来找我诉说心事,他告诉我自己以后都不准备结婚了。我们喝了点儿酒,说话声音也不大,怕影响房间里正在睡觉的艾甜。

那天喝完酒,我们聊了好多,程逸笑得很开心,我没说太多话,都是他在讲,他终于找到了自己。他说他以后多半会收养孩子,会把基督精神传播得更远,会让更多人相信耶稣。我虽然不懂他说的具体是什么,但我知道他很幸福,这个强迫自己合群的家伙,终于决定这一生只为自己而活。

送走他后,我感到很心安,这么多年的兄弟,他终于成了最好的自己、最真实的自己,我为他高兴。

那天,我记得艾甜睡在我身旁,没哭没闹,她睡得很乖,像一个天使宝宝。

我给宇甜发了条信息,说,孩子睡了。

宇甜这家伙又不理我,每次回到老家就忙着陪爸妈打牌了。我翻了翻她的朋友圈,好久没更新了,真是,一玩儿起来什么都不顾,算了,她开心就好。我闭上眼,睡了。

这些天,我的梦特别多,不知道是累了,还是闲的。在梦里总是有那些奇怪的野兽向我扑来,我总能看到那太阳里有黑暗,我又梦见一条蛇,把我吞进它的身体,我再一点点找到光明。好在,醒来后,能看见艾甜的脸,看见她吃着奶嘴的样子,看见她笑嘻嘻地喊着我听不懂的话,总觉得一切都是那么踏实。

他们说，我周末的婚礼又出了些状况，说我最近总是卡在台上，不知道说什么。我跟他们讲，这些日子，我总是在做一些奇怪的梦，他们都说我可能是累着了，需要休息一段时间。

晓睿说看我累成这个样子一是心疼，二是心慌，心疼我的状态，心慌自己的未来。他说自己不想成为下一个我，当个爸爸把自己当傻了，所以一定要在这周见一见他未来的儿媳妇儿，并看看我是怎么疯的。

我说赶紧滚蛋，谁答应跟你定亲了，你全家都疯了。

他笑嘻嘻地说："不管你疯了还是没疯，娃娃亲是定了。"

程逸和郑直也起哄，说着什么"周一见、周一见……"

我说好，那就一起来。

其实我也不知道为什么，就是不想让太多人看到我的闺女。

像是最珍贵的宝物，总是不想让人知道那样。

艾甜，她是我生命中的月亮，我愿用一生的火光，照耀她前行的路。如果可以，我甚至可以付出我的生命，让她茁壮成长。

第二天一大早，我跟宇甜和孩子告别，去了公司开晨会。

开完会，他们问我："甜姐在家做饭没？去你们家吃中午饭。"

我说别让她做了，她做来做去，就是荠菜饺子和酸汤面，我们在外面吃完再去吧。

吃完饭，他们又闹着说："赶紧赶紧的！见一见！"

我说，中午孩子要午休，别那么早打扰她，我们晚上再去吧。

终于，到了晚上，郑直问我，说："我们是不是要吃完晚餐才能去啊？"

我笑了笑，说，挺聪明，是这么回事。

"宠妻狂魔！"郑直抱怨着。

是啊，我就宠了，怎么了？我就这一个老婆，还不让我宠吗？等女儿长大了，我还要宠两个呢。

我们吃了顿拉面，他们一边吃，一边让我给他们看艾甜的照片，我说一会儿你们见面不就看到了，着什么急。我们说着、笑着，天很快黑了，我看了看窗外，宇甜跟孩子应该吃完晚餐在家休息了吧，她们是在看电视，还是在玩iPad呢？

晓睿问："我们可以出发了吗？"

我笑了笑说，走吧。

他们跟在我后面，期待着见到我家的天使宝宝。我也很期待，看看他们见面会是什么样。

走在路上，我抬起头，看见满天的星星，它们朝着我眨巴着眼睛。我好像又看见了那个太阳，太阳里有一片黑暗，这到底是个什么东西？难道我出现幻觉了？等过了这段时间，我一定要去医院看看。

我们上了楼,敲了敲门,没人应答。

晓睿说:"嫂子是不是睡着了?"

郑直说:"别瞎说,肯定是遇到歹徒了。"

倒是程逸急了:"你能别瞎说话吗,阿门。"

我踢了郑直一脚,他捂着屁股跳到了一旁。我掏出钥匙,一系列问题浮现在脑海里:宇甜睡着了吗?孩子睡了吗?今天看的是什么电视?晚上吃的是什么东西?

忐忑中,我插入钥匙,转动了门锁。

我迫不及待地推开门,高声喊着:"老婆,我回来了!"

欸,怎么没人回答,孩子也没说话?睡着了吗?

他们跟随着我,进了门,像一群淘气的小孩子一样,翻着我的家。他们看见了琳琅满目的婴儿用品:婴儿椅、婴儿床、婴儿玩具、婴儿奶粉、婴儿地板……可是,就是没有看到孩子。

晓睿先跳进卧室,"哇啦哇啦"地一番乱叫,忽然掀起被子,空的。他转头问我:"我儿媳妇儿呢?"

他抬起头,看见了一屋子宇甜的照片,看见了一屋子娃娃,看见了一张婴儿床,看见了婴儿床上都是崭新的尿布。他看见角落里堆满了孩子的日用品,他看见我的袜子、内裤、衣服堆在桌子的下面,他愣在那里,瞬间像是明白了什么。

他往后退了一步,直到郑直、程逸也走了过去,他们俩你一言我一语地问我,孩子呢?是不是藏起来了?甜姐呢?嫂子呢?别逗啦,快出来,不好玩。

他们问着我,我却没有答案。

对啊,她们人呢,她们是不是在躲猫猫啊?孩子呢?宇甜呢?

忽然,我看见晓睿捂住了嘴巴,他退到了墙边。

我的头一阵剧痛,像刀绞一样。许多碎片回忆刹那间戳入现实的世界。我看见太阳里那片黑暗,忽然变大,各种猛兽冲了过来,撕扯着我的身体,有人拿着一把尖刀扎入我的脑海中。我看见梦里的那些野兽,变成一把把锋利的匕首,戳进不远处宇甜的身体,撕裂着她的灵魂。瞬间,我的腿软了,我的膝盖重重地砸在地上,地板被我撞出一声巨响。我不知道是地板在晃,还是我在晃,好像万物都在摇摇欲坠,世界正在毫无保留地坍塌。

我捂着头,闭上眼睛,任凭疼痛钻入我的心脏和大脑,好多画面浮现在脑海中:

我记得那天我们吵完架,我冲出了门,走了好远,我在一个路灯下抽了根烟……不,不……我抽完了整包烟。我记得那天,天已经很黑了,我回到家,家里没有人,宇甜已经拖着箱子走了。

我记得天快亮的时候，我接到一通电话，不，好几通电话，警察让我来医院认人。

我记得我掀开白布的瞬间，我记得警察告诉我，那个货车司机因为酒驾已经被抓了，我记得医生告诉我什么没有保住，我记得我拿回了宇甜所有的衣服和带血的钱包，我记得她包里还有我大学时送她的那本蓝皮书，我记得我给她写的情书上有血迹……我记得……我什么都不记得了……

我想不起她的脸，想不起孩子艾甜的模样，想不起她们的微笑，我想不起一切，我想不起所有，我想不起……我想起来了……是我害死宇甜的，我想起来了……是我的无能没有保住孩子，我想起来该死的是我，我想起来我不应该活在这个世界上，我想起来这一切都不是真的……我又想不起来了，我是谁，我在干什么，我在哪儿？

忽然，我好像听到了一个西瓜砸在地上，"砰"的一声，接着，我的眼前一片漆黑，我不知道，这西瓜碎了没有。我听到大家喊我的名字，但我也不确定，喊的这个人，到底是不是我。

7.

如果有来世,人还会不会受到那么多痛苦;如果有天堂,人在那里是不是可以更幸福一些。

我很清醒地知道,在我的梦里,那些野兽一次次扑向我时,我站立不动,它们准能扑个空。

那些带着黑暗的太阳,我只要不抬头看,它们就不存在。

在现实里,我摔断了双腿,所以在梦里,我学会了飞。我飞往很高的地方,但又不敢飞得太高,因为太阳的黑暗令人恐惧;看着地上一片泥泞,行尸走肉猛虎野兽咬牙切齿地盯着我,我扑棱着翅膀,冷笑地看着它们。忽然,我听见有人叫我,我猛地抬起了头,云彩里,浮现出宇甜的笑脸,她在说:"回来了,快来吃荠菜饺子和你最爱的酸汤面。"她的身旁,是一个面目模糊的婴儿,没有脸,我甚至看不出他的性别,他用扭曲的声音喊着"爸爸",我飞上云端,想去抱抱他。忽然,翅膀在空中消失,我开始向下坠落。我看见一层层云彩从我身边经过,每层云彩上,都有宇甜的笑容。她的微笑变成了大笑,大笑又变得扭曲,我翻了个身,看着地面离我越来越近,在贴近地面的时候,我猛地一惊,醒了。

一觉醒来，我躺在病床上，身上穿着灰白条纹的衣服，程逸、郑直、小玉和晓睿站在我的病床前，我是刚刚遇到车祸了吗，还是刚从楼上摔了下来？我动了动手脚，没有残废，晃了晃身体，没有瘫痪，我坐了起来，准备下床，他们拦着我，问我感觉怎么样。

我说我很好，我怎么在这儿。

他们说我昏了过去，医生说我长期失眠，现在需要休息。

我说，放屁，刚刚我就睡着了，我还做梦了呢。

郑直说什么我没有睡着，只是潜意识昏迷了，说什么我精神分裂，说我现在在精神科。

放你妈的狗屁，我好着呢，不信你随便出一道算术题，你问我中国的首都在哪儿，你问我你们叫什么名字，你问我怎么认识你的。

你看，小玉也急了，不让你乱说话吧，郑直你简直是疯了，你他妈才应该穿着这身衣服在这里躺着。

我看了看周围的环境，陌生又封闭，我站了起来，说，我要走。

他们拦着我，说要吃什么药，一听见"吃"，忽然，肚子就叫了声，我对他们说我饿了。

程逸端来一碗面，我拿起筷子就吃。我想起了酸汤面，那些面在我嘴里化成了气，面汤进入我的胃，酸味和辣味融合在一起刺激着我的味觉，汗和眼泪啪嗒啪嗒向下掉。我的意识慢慢苏醒了过来，我问他们："你们在这儿干吗？回去吧，我一个人可以。"

他们没说话，我就一直吃着，直到我喝完最后一口面汤。

程逸递来一瓶水，打开盖子，我把水重重地扔在地上。

我看见水花溅在了他们身上，也溅在了我的身上，它们像一群调皮的小孩，哭着、笑着，嘻嘻哈哈地把他们的衣服打湿，喊着"爸爸，妈妈"。

我控制不住自己的思绪，头又开始疼了起来，我不相信自己精神上有了问题，我大声喊了起来。

晓睿，还记得你告诉过我你不幸福吗？你要结婚，要有自己的孩子，你要走出原生家庭的阴影，你不是你爸爸，你是你自己，你要学会自爱，学会爱别人，你要放下过去，你要学会跟过去和解，去拥抱未来。

郑直，还记得你告诉我你压力大吗？告诉我你不开心吗？是因为你总在逃避现实。你要去爱自己的家人啊，你不要逃避，你要面对他们，你要肩负起父亲和丈夫的责任。做任何事情，都不要让自己后悔，因为我们没有后悔药。你要坚强，要勇敢，你要爱自己的家人，更要爱自己。

小玉，你要接受他，他很单纯，也很胆小，他可能开了小差，但他是爱你的。

小玉你别哭啊，我知道你也爱他，但你要告诉他。郑直，你也要告诉小玉你对她的爱。爱要说，哪怕每天就说一句，也要说，永远不要等到来不及。

我转向程逸，他低着头，像是在为谁祷告。

我用双手搭住他的肩膀，摇摆着，声嘶力竭地朝着他喊：还有你程逸，你要去做自己啊，不要怕不合群，你的与众不同就是你最好的那一面。你要爱自己，才能有幸福。爱情只是生命中很小的一部分，没有爱情，人并不会不完整。不要怕别人怎么说你，只有你自己爱自己，世界才会爱你。别管别人结婚没结婚，无论你结不结婚，你都是完整的。

喂！你们为什么要哭啊！有什么好哭的，你们都很幸福了，应该笑啊，应该像我这样，哈哈哈，跟着我笑啊。

我怎么也笑不出来了。

我的头又疼起来，眼前一阵眩晕，我看见天上的星星在朝着我眨眼，我又看见宇宙深处的那个太阳里，一片黑暗。我不怕你，我要盯着你，我看看你这黑暗里到底是什么。

我……看见我回到了家，家里空空的，什么也没有。

为什么会这样啊？

忽然，我仿佛听到郑直在说："你这王八蛋，你所有安慰我们的话，都是在安慰自己的吗？"

郑直，你在说什么呢，你疯了是不是？我怎么听不懂呢？

我从宇宙里被郑直的声音拉了回来，我睁开眼睛，问他们："宇甜呢？我想见宇甜。"

我要给她做酸汤面，我要给她做荠菜饺子，我要带她出去旅游，我要给她买她最喜欢的包和鞋子，我还要给她一场期待已久的白色婚礼。

我答应她了，我不能食言啊。宇甜呢？她在哪儿？宇甜，你在哪儿？你也不能食言啊。

你们能不能不要再哭了啊，你们这群疯子在这儿哭什么啊，你们哭得我心里烦、心里乱、心里疼，哭得我也想哭了。

我要回家，我要回家！我不要住在这儿，我不要吃药，我不要穿这身衣服，丑死了！我不要跟你们这群爱哭鬼在一起。

你们是不是疯了？你们这群疯子，你们才应该待在这儿，我要走。我要找宇甜，我要见我的孩子，我要回家，你们放开我。

我拉着他们的胳膊，撕扯着他们的衣服，想要冲出病房。他们按住我，说什么"不要这样"。他们越按着我，我越感觉到自己的力气大，越觉得自己可以飞到天涯海角。

我使劲儿往外走，离门越来越近，忽然，不知怎么了，感觉屁股一凉。

我转过头，一个护士拿着一根刚刚打完的针站在我的后面。

我问她，你在干吗，话音未落，我的眼前一黑，又昏了过去。

在梦里，我回家了。宇甜在打扫卫生，桌子上又是熟悉的饭菜，一边是蹦蹦跳跳的艾甜，她玩着我给她买的玩具，我走上去想要触碰她，可我越往前走，她离我越远。

宇甜抬起头，说："艾奇，你要好好活下去。"又说："亲爱的艾奇，放手吧。"

我冲上去想要拥抱她，她却像空气一样散落在了梦境中。我哭喊着、撕裂着、崩溃着、绝望着，但就是碰不到她，摸不着她。我坐在地上，看着满天繁星，哭了。

我听到了她的最后一句话："我还在，你看到的每粒沙子、每滴水、每寸土地、每栋大楼、每块草坪，都有我的影子，它们，都是我。艾奇，往前走吧，你要幸福，要微笑，我从未离开，一直在。"

我不知道声音是从哪里传出来的，但我知道，我蹲在地上，眼泪噼里啪啦地往下掉。

8.

什么是真实，什么是虚幻，什么是梦境，什么是现实，什么是存在，什么是消失，什么是阳光，什么是黑暗，什么是生命，什么是死亡……

两个月以来，我一直在问自己这些问题，这些问题在我脑海里，不停地盘旋。

我像是经历了一场漫长的旅行。这两个月，我去过沙漠戈壁，到过海角天涯，见过大海蓝天，听过鸟语虫鸣，我走了很远的路，就是不知道家在何方。

我逐渐想起了和宇甜在一起的点滴，想起了曾经在校园的种种，想起了我们一无所有时在北京打拼的场景，想起了她陪在我身边不离不弃的样子，想起了她告诉过我，有她的地方，就是家。现在，我找不到家了，我也没有家了。

这两个月的时间里，我昏昏沉沉、迷迷糊糊，有时候醒了，有时候睡去，有时候能分清楚现实和虚幻，有时候又发现所有的东西都凝结在了一起。他们三个轮流来陪我，给我送饭，喂我吃药。我有了些意识，感觉到自己好像是病了，因为每次醒来，总有些头疼。

医生说，当我意识到自己病了的时候，病就快好了。

我慢慢想起了之前发生的事情，我想起了那天我在医院里见了宇甜最后一面，我知道她已经离我而去，随之而去的还有我的孩子。从那以后内疚一直伴随着我，心疼一直折磨着我，因为我一直放不下她，所以，病痛和幻觉才折磨着我。

在后来的梦里，我终于敢凝视太阳里的黑暗了，黑暗里其实什么也没有，当我凝视黑暗时，黑暗竟然也消失了。

我懂自己犯了错，我不应该因为这么点儿小事跟她吵架，我不应该把生活的主控权交给情绪，我不应该惹她生气，我错了，我知道我错了，所以，我需要面对，而不是逃避。

医生告诉我，有些模糊和头疼是好事，因为我开始理性地看待问题了。

我说我记不起宇甜的样子了，医生说，遗忘也是好事，说明病正在康复。

是吗？是好事吗？她死了，我活着还有什么意义呢？在梦里，宇甜告诉我，我好好活着，她才会幸福，这真的是她的想法吗？

我开始配合医生的治疗，按时吃药。我开始主动思考，不让情绪左右我的大脑。慢慢地，我可以正常思考了。

我出院那天，下了场雨，程逸陪我回了家，我说我不用打伞，他坚持站在我身后，把伞撑在我的头上。

他去开车的时候，我还是站在了雨中，我感觉到雨水打在我身上，冰冷、痛快，像是老天爷在流眼泪。我抬头看了看天，乌泱泱的一片什么也看不清，那像是我的未来。雨水滴进了我的眼睛，我分不清是雨滴还是泪水模糊了视线，总之，我有些看不清了。

程逸开着车，拉我回家。我开了门，看见满地的婴儿用品。这陌生又熟悉的环境，让我有些害怕，我问程逸，这些东西都是谁的？

程逸没说话，低着头收拾着这些婴儿用品，他收拾了挂在墙上和摆在桌子上的宇甜的照片，搬来一个大箱子，把那些东西都放了进去，一件件的，像是在收拾着我的过去。

我站在那里，心脏怦怦地跳。

程逸一边收拾，一边告诉我，说："你在这样的环境里生活了一年。"

我坐在沙发上，一种熟悉的感觉回来了，我好像闻到了酸汤面，吃到了荠菜饺子，我好像看见了宇甜在对我说："回来了，快洗手去，准备吃饭。"我好像听到了她看电视时的傻笑声、她睡觉时的呼噜声，那些声音，亲切美好，像梦一般。

"这些东西怎么处理？"程逸指着装满的大箱子，问我。

我转过头,看着那些箱子,时间像是被凝固了一样,往事一幕幕,像轰炸机把炸弹炸到我的眼前,我艰难地说了句:丢了吧。

说完这句话,我的头忽然不疼了。

我起身,走到窗台边,看了看窗外,雨停了。

我朝着远方的天边看去,一道彩虹露出了微笑,接着,太阳从云彩里走了出来,照亮了这片大地。

程逸把箱子拖出了门,看着我说:"我走了。"

我点点头。

他又问我:"他们问,明天你能上班吗?"

我说,能。

他说:"嗯……明天有工作,你能来吗?"

我说,能。

我知道,程逸正在用我教他的方法,帮助我走出来。工作是最能帮人走出伤痛的方式。

他说:"明天我开车来接你。"

我说,不用,我又不是废人。

他说:"但是医生说你不能开车。"

行吧。那就听他的,我还是别跟医生犟了,保不齐又被拖回去了。

我说，好，对了。

谢谢你，兄弟。我说。

程逸停在了家门口。

他笑了笑，对我说："上帝保佑你。阿门。"

说完离开了家。

9.

那一晚，我睡得很香。

什么也没有梦到，对我来讲，没有梦的夜晚，就是好梦。

一大早，我听到了敲门的声音，我看了看表，才六点。是谁这么早叫我起床，我揉了揉眼睛，打开了门，看见程逸这家伙，穿着西装，背着工作包站在我家门口。

看见他笑嘻嘻地站在那儿，我问，干吗来这么早？

他说："原来都是你给我们接活儿，现在我们也给你接个活儿，你快把西服穿上，我给你化妆。"

我揉了揉眼睛，让他进来，问他，干吗要给我化妆？

他说："客户要求的，主持人必须化妆。"

我洗了把脸，穿上了久违的西装。心想，终于，我要回归工作岗位了。我坐在镜子前,程逸一边帮我化妆,一边对着我微笑。

我知道,他们等这一天也很久了。

我对他说,放心吧,我这次一定不会卡。

程逸微笑着,继续帮我弄着头发。

我努力地想着主持稿——那是我曾经引以为傲的技能、曾经风云天下的武器,今天,终于又要和大家相见了。

程逸化好了妆,拍了拍我的肩膀,说:"走吧,见证新人去。"

我起了身,走出了家,习惯性地回了下头,像是听见宇甜跟我说了声"再见"。

这是我重生后的第一天,从现在起,我要好好珍惜每一天。

我上了程逸的车,他的车擦得很干净,他说昨天下了雨,要不然能更干净。我学着他的口气说了句"阿门"。他笑了,说:"不是这样说的。"

车辆驶过还在沉睡的东三环,顺利地上了机场高速公路,直奔顺义的一家酒庄。我看着这座城市里的花草树木、高楼大厦,感叹了句,活着真好。

车辆一路行驶,半小时后,到了酒庄。酒庄的大门敞开,里面是一望无际的绿色草坪,一棵松树屹立在酒庄的中央。我问程逸,是不是又是户外婚礼?

程逸点点头。

我看了看天，灰蒙蒙的，自言自语道，可别又下雨了。

程逸把车速降慢，像往常一样，好让我看到婚礼现场的装潢，给我时间思考用什么样的语言去主持。我看着周围的白色，看着远处的台子，看着现场的照片摆设，简单低调，大方美丽，不由自主地跟程逸说，这场婚礼装配得好。

程逸笑了笑，说："你喜欢就好。"

我们到了现场，程逸一脚刹车，我有些警觉，看着他问，你要干吗？

他说："我在找车钥匙。"

我说你还没熄火，找什么车钥匙？

他一看我好像知道了什么，立刻冲下了车，帮我把副驾驶的门打开，说了声："请。"

我刚清醒的脑子忽然又一片混沌，下了车，才走两步，婚礼的音乐就响起了。

我莫名其妙地走进会场，许多白色的装饰映入眼帘，瞬间，我惊呆了。

程逸跟在我身旁，微笑着，不远处郑直和小玉一人拿着一台摄像机对着我。父亲扶着母亲来到了现场，台下都是多年的好朋友，他们微笑地看着我，为我鼓掌。晓睿把相机调整好，递给一旁的玛丽，自己冲上台拿起了麦克风，那声音清脆地回荡在耳边。

"各位上午好，在茫茫人海中，形形色色的男男女女相遇了。他们有些成了彼此的过客，有些相识相恋了。今天这对新人，是上天选来让他们命中注定在一起的，这个婚礼他们计划了很久，功夫不负有心人，他们终于在今天走进了婚姻的殿堂。我宣布，新郎艾奇、新娘刘宇甜的婚礼正式开始。请全场来宾起立，请新郎上台。"

我被程逸推上了台，台上都是昨天程逸从我家拿走的相片。我站在台上，抬头看了看来的朋友，又抬头看了看天，天空乌云密布，像是要下一场雨。

晓睿在台上，红着眼睛，拿着一张字条，蹩脚地念着上面的台词。

"恭喜新郎新娘来到属于你们幸福的彼岸，一生中能有一份永远的幸福是我们不懈的追求，当一个美丽的约定许下，就有了这甜蜜的一刻，一对伴侣，将要约定成为一生的伴侣……"

他有些哽咽，说不出话。

但很快，他调整了状态，咽了口唾沫，捏了捏鼻子，擦了擦眼泪，又继续念了起来："接下来，有请新娘上台。"

我看见不远处，一个步履蹒跚的老人，他的头发斑白，弯着腰，微笑着，朝着我走来。那是我的岳父——那是我好久没有见到的岳父，我的岳父也来了。岳父捧着一张照片，照片上是一个彩色的、大笑的、开心的宇甜，那是她笑得最美的一张照片，仿佛她就在现场，就在这场婚礼中，就在父亲的怀里和父亲一起漫步走来。

音乐还在响，晓睿还在念："看，新娘刘宇甜在父亲的陪伴下入场了，她端庄典雅，美丽大方。在这一天，新娘的父亲，要亲手把自己的女儿交给他的乘龙快婿。从今天开始，他们的喜悦会变成两个家庭共同的幸福。请新郎走向新娘和岳父。"

我愣在那儿，不知所措。

"快去啊！"晓睿拿下麦克风，小声地对我说。

我缓慢地走到岳父的面前，深深地向他鞠了个躬。我听见晓睿继续按照流程在念他的词，我听见音乐在耳边飘着，我听见天上响了一声雷，我听见自己心碎的声音。

岳父把手上的照片递了过来，顺势拥抱了我。他对着我的耳朵，轻声说："孩子，放下吧。我们都希望你幸福，宇甜，也一定是这么想的。"

岳父拍了拍我的肩膀，伸出一只手，示意我上台。我看着岳父的笑脸，眼睛瞬间红了。

可我不能哭，在这个大喜的日子里，我为什么会想哭呢？我不是最受不了别人哭的吗？我要笑，我要幸福，我要放声大笑，哈哈哈。

晓睿继续念着词："请新娘挽着新郎的手，走上舞台。"

万众瞩目下，我捧着她的照片，我看见周围的人们都在笑着、流着泪，我仿佛看见宇甜在我的身边，她挽着我的手，笑得像朵花，灿烂明媚，幸福可人。我听见婚礼现场的音乐声音变大了，我听见晓睿的声音在哽咽，接着，我又听见一声响雷，下起了雨，小雨慢慢变成了大雨，最后变成了暴雨。郑直和小玉用衣服包裹好了摄像机，大家抬起头看着天，又看了看我，没有人抱怨，没有人离开，他们坐在自己的位置上，微笑着。

宇甜，你看见了，对吗？你感受到了，对吗？这是你要的婚礼，对吗？

我上了台，用手擦了擦被雨打湿的照片。

我清楚地听见，晓睿问我："艾奇，你是否愿意，和刘宇甜结为夫妻，无论贫穷或者富有，无论健康还是疾病，无论顺境还是逆境，无论她的容颜是否老去，你都始终与她相亲相爱，相依相伴，相濡以沫，一生一世不离不弃？"

我看了眼台下，他们高声为我呼喊着："愿意！愿意！愿意！"

我没有多想，大声地说出了我这辈子最想跟她说的话，我愿意。

晓睿继续。

"刘宇甜，你是否愿意和艾奇结为夫妻……"他哽咽了，迅速调整了一下后，在大雨中继续念，"无论贫穷或者富有，无论健康还是疾病……"他有些说不下去了，眼泪从他的双目中流了出来。

我听见音乐还在响，我感到雨还在下，我听见郑直对小玉说："原来下着雨的婚礼，也很美。"

我努力地抬起头，强努着嘴微笑了起来。我看着天空，想起梦里宇甜对我说的话，她让我记住，她并没有走，我看到的每粒沙子、每滴水、每寸土地、每栋大楼、每块草坪，都是她。她说她一直在我身边，她没说谎。

我忽然想起她还在我身边的日子，就像今天一样，我想起她的微笑、她的调皮，我想起了所有和她有关的一切。

宇甜，我爱你。

宇甜，再见。

谢谢你来到我的生命中，陪伴我走过那段最美好的岁月。

谢谢你在我的生命里，给过我的力量和温暖。

谢谢你存在过，活过，爱过，离开过。

谢谢你，一直在。

在以后的日子里，我会照顾好自己，会给自己下酸汤面，会给自己做荠菜饺子。

我会按时吃饭，按时锻炼，我会按时休息，不让自己太累。

希望你，在天堂好好的，照顾好我们的孩子。

还有，请你记得：

我，永远爱你。

10.

人越老，越容易回忆起过去，越不爱谈论未来。因为过去的美好容易记住，未来却不一定来。

人越老，越喜欢一个人独处，越不容易感到孤独。因为知道独处是一生的常态，孤独是人生的必修课。

人老了，头发白了，奋斗的劲儿也没有以前那么大了，于是留下的，只有曾经奋斗的回忆。

现在我就喜欢待在家里，看看书，看看天，想想过去。

今年，我五十岁了。

《淮南子·原道训》里说："蘧伯玉行年五十，而知四十九年非。"可我五十岁,也还有很多不知道的。比如,我不知道自己还有多少日子可以活,我也不知道自己是不是和其他人一样,五十岁就知了天命,但我知道,一个人只靠回忆过去,也可以活得很幸福。

现在的科技已经很发达了,只要一个屏幕就能知道所有人的动态,看他们发自己的工作、生活、孩子和家人,就算我人在国外,也觉得他们都像在身边一样。

我是在三十五岁那年决定来到加拿大的。虽然有时候触景不一定会生情,但相同的景象里生活着不一样的人,总容易放大内心的伤痛,换个地方生活,只是为了好好活着。年轻的时候,心里只有伤痛,是没有办法好好生活的。

现在,我来加拿大已经十多年了,其实,我确实没有放下过宇甜,这就是至今我没有办法再结婚的原因。

十多年前,我在温哥华的这个小镇定居了下来。这里的华人多,我也不用有太多的英语技能就可以生活,这里没人知道我,我可以重新开始。但我发现,时光虽然能帮人洗涤伤口,可有些人,是一辈子也忘不掉的。

我收养了一个女孩子,是个 ABC(美籍华人)。我给她起名,叫 Ante,艾甜。

今年，艾甜要去读大学了，她的成绩很好，如果不出意外，她能去美国读书。我问她为什么想去美国，她说，纽约有她的男朋友，她喜欢他。

我问她，你们会结婚吗？

她说："那谁知道。"

看来每一代都有自己的想法，都会跟一些传统说再见，跟一些新鲜事物说你好。我们老了，也不太能跟上时代的脚步了。孩子出去转转也好，这个时代已经不再是我们那个年代了。

这个时代的离婚率还是很高，结婚率依旧很低，现在的年轻人还是把王尔德的那个段子放在嘴边：什么是离婚的主要原因？结婚。

她愿意找男朋友，我是举双手赞成的。艾甜经常问我，为什么不回国看看？

其实，我并不是不愿回国，只是我还不太确定自己能不能面对过去犯的错误。这些年，我一直没有再找伴侣，也一直不太敢细想那段痛苦的日子。

书里说，时光是最好的良药，它能洗涤伤口，忘掉疼痛。只是我不知道这药量是否够治愈我曾经的致命伤。

艾甜怕我孤独，总让我去老年人俱乐部玩，还说说不定能给她找个妈。

我说你别给我瞎捣乱,我干吗去老年人俱乐部,第一,我根本不会说英语;第二,五十岁,也没多少日子了。

我还有很多想要做的事情。

人越老,越容易把"孤独"两个字放在嘴边。我想,以后我会买一个小房子,养一只小狗、一只小猫,孤独但满足地度过余生。

但事与愿违,艾甜在我完全不知情的状态下,给我买了回北京的机票。

她说,她也一直想看看这个逐渐在变强的国家——这个她本应该出生的地方,她也想见见我一直挂在嘴边的"四大金刚"。

她说希望在自己的 summer time(暑假)里,完成这个愿望。

我问她,那你和你的男朋友怎么办?

她说:"两个人在一起也得有自己的生活啊,他管我干吗?"

于是在一个清晨,我们从温哥华飞回了北京。

没想到我一把年纪了,也能有说走就走的旅行,都因为这孩子,年轻真好。

坐在飞机上,透过窗户,我看到一朵朵白云,看到碧蓝的天空,看到远处的山河与大海,想起了我们的青春。

亲爱的朋友们，你们还好吗？

我们虽然联系得不多了，但据我所知，每个人还是活成了自己想要的模样：

晓睿最终还是离了婚，他跟玛丽分别抚养两个孩子。他们是和平离婚的，他们说他们因为爱而在一起了，也因为爱消失了，所以他们要去寻找新的爱，他们不后悔。

到今天，他和玛丽还是会经常聚聚，分享大家拍的好照片，他们成了很好的朋友。

晓睿给我打电话的时候，总是担心婚姻制度会消亡，他还说，如果消亡了，自己的小女儿以后就嫁不出去了，那她的生活就没保障了。我总跟他开玩笑，不嫁也比嫁你这样的渣男好。

他笑笑，说："也是。"

现在的他，一个人过得很幸福。他说，他和玛丽已经是亲人了，玛丽比他更吓人，现在动不动就换男朋友，一个个丑得要死，还说要找什么谈恋爱的感觉。

他说他可以理解，毕竟年纪大了，再不疯狂就老了。

郑直和小玉到今天还在一起，他们有三个孩子。

我经常能看到他们在一起时拍的照片，也能看到他们分开时各自的动态。用郑直的话说，老夫老妻了，两人之间也没什么话，只要身体健康，能多活两年就好，也不用天天腻歪在一起了，想干什么别等，赶紧出发，但无论走多远，都别忘了回家。

我总告诉他，这才哪儿到哪儿，虽然我认为，五十岁，人也没多少日子了。

程逸像他自己当初说的那样，一直没有结婚，他去台湾一所大学的神学院当了老师。

这次，他也是因为我，回到北京跟我们相聚。

"四大金刚"再聚首时，是在一家西餐厅，我们都变成了老头儿。

晓睿提议，要不要喝一杯。

郑直说他老婆也不在，喝就喝，谁怕谁。

程逸说自己"OK"，但坚持吃饭前和喝酒前还是要祷告。

我说就别喝了，因为艾甜不让我喝。但我看了眼艾甜，问，我能不能喝一口？

艾甜很生气，说："爸，你身体这么差自己不知道吗？还喝酒！"

我赶忙说不喝了，但趁着她去厕所的空当儿，还是会赶紧喝上两口。如果她的小男朋友找她视频聊天，我还能有时间抽口烟。

几杯酒下了肚，我又想起我们青春时的样子，那时无忧无虑，看不起婚姻，瞧不上被束缚的生活，觉得这一辈子我们只会为自己而活，现在，如果穿越回那时，我们会说点儿什么、做些什么呢？

虽然没有时光机，但至少我们现在都很满足，因为这就是生活，一定会有遗憾，好在，我们还活着。

年轻时，我们经历的那些婚礼、那些事情、那些人，是最美的回忆。那时我们是"四大金刚"，现在，我们成了"四老金刚"。

时代没有变好，也没有变坏，只是，我们都老了，只是，我们都被生活驯服了。

那场酒局后，我们又回归了自己原本的生活，回归了自己的家庭。

我在北京待了几天，带艾甜去了趟原来住的地方。那里已经改成了无人驾驶汽车的停车场，时代变得真快。

我们在停车场门口站了一会儿，艾甜又听我讲了遍过去的故事。

她问我："我能见见宇甜阿姨吗？"

我点了点头，说，可以。

那天下午，我带着她去了趟墓地，找到了宇甜的墓碑。刘宇甜的名字旁,还有我当年刻上的痕迹,上面写着:"爱妻刘宇甜之墓"。

我对着墓碑三鞠躬,我抚摸着那冷冷的墓碑,感到风吹到了我的脸颊,我把那本保存已久的蓝皮书放在了她的墓前,上面还有我曾经工工整整写过的情书。那些字,像是一群顽皮的小孩,嘻嘻哈哈、叽叽喳喳、蹦蹦跳跳。

宇甜,你还好吗?

我带艾甜来看你了。

艾甜是个很可爱的小姑娘,她很努力,也很善良。这些年,我听你的,过得很幸福。

我时常会想到你,我知道你一直在保佑我。

艾甜今年就要读大学了,我在温哥华,一切都好,你也要保佑她好好的啊。

我转向艾甜,对她说,这是你宇甜阿姨,就是我一直跟你说的那个人。

艾甜的眼睛里透着晶莹的泪珠,她走了过去,学我鞠了躬,她说:"谢谢你。没有你,我也不会遇到这么善良的爸爸。"

我看着艾甜,就像看到当年的宇甜一样,她年轻、可爱、善良、美好,看着她站在墓碑前,就像看见我们未出生的孩子长大了那般。

风吹在我的脸颊上，我的眼睛进了沙子，湿润了。

宇甜，不说了，你也要好好的。

艾甜搂着我的胳膊，我们一步步，离开了那段属于我的过去。

几天后，我要一个人从北京回温哥华。

艾甜这姑娘，早就被男朋友一个电话叫走了，说是什么参加社会实践，迫不及待飞了回去。

女儿大了，都有自己的世界，也就不由父亲了。

我背着包，推着箱子，一个人在机场办理了登机牌。

安检前，我忽然口渴了，想去外面的小卖部买一瓶水，我拿着水走向安检区。

我看见一个老太婆拄着拐棍盯着机场大屏幕看，她看着这琳琅满目的指示牌，像是什么也看不懂，我是不是可以帮帮她。

于是，我走了过去，恰好，她也感觉到我来了，转头问我："你好，请问T3航站楼是这里吗？"

我说，是的，需要帮忙吗？

她又问："请问35登机口怎么走呢？"

我看了看自己的票，笑了，说，跟我一起走吧。

在路上，我们聊起了天。

你也去温哥华啊？

"是啊，我儿子住在那边啊。"

怎么老伴儿没来送你啊。

"嗨，我都离婚三十年了。"

哦，一个人带孩子不容易啊。

"是啊，你呢？"

我也是一个人，习惯了。

"巧了，有机会来串门啊。孩子一忙，我们老人都挺孤单的。"

是啊。

"对了，怎么称呼？"

哦，我叫艾奇，您呢？

"好名字，我叫 Timmy，他们都叫我老甜，甜美的甜。"

巧了，我笑了。

"哪里巧了？"

"你怎么不说话？哪里巧了啊？"

2019 年 7 月 28 日　星期日

于米洛斯岛定稿

图书在版编目（CIP）数据

我们总是孤独成长 / 李尚龙著.—北京：北京联合出版公司, 2020.6（2020.11重印）
ISBN 978-7-5596-4201-1

Ⅰ.①我… Ⅱ.①李… Ⅲ.①长篇小说—中国—当代 Ⅳ.①I247.5

中国版本图书馆CIP数据核字（2020）第064358号

我们总是孤独成长

作　　者：李尚龙
责任编辑：张　萌　　特约监制：魏　玲　潘　良　七　月
产品经理：王琪媛　　特约编辑：孙悦久
营销支持：肖　瑶　　封面设计：沐希设计

北京联合出版公司出版
（北京市西城区德外大街83号楼9层　100088）
河北鹏润印刷有限公司印刷　　新华书店经销
字数166千字　880毫米×1230毫米　1/32　10印张
2020年6月第1版　2020年11月第2次印刷
ISBN 978-7-5596-4201-1
定价：45.00元

版权所有，侵权必究
未经许可，不得以任何方式复制或抄袭本书部分或全部内容
本书若有质量问题，请与本公司图书销售中心联系调换。电话：（010）82069336